UN FRANC l'Ouvrage complet.   Collection "In Extenso"

MARCEL BOULENGER

LE PAGE

Illustrations de Jacques BRISSAUD.

LA RENAISSANCE DU LIVRE

78, Boulevard Saint-Michel — Paris

LE PAGE

Collection " In Extenso "

L'ouvrage illustré de **3 fr. 50** pour **1** fr. *Franco par la poste :* **1 fr. 15**

MARCEL BOULENGER

LE PAGE

ROMAN

ILLUSTRATIONS DE JACQUES BRISSAUD

PARIS

LA RENAISSANCE DU LIVRE

78, BOULEVARD ST-MICHEL, 78

M. MARCEL BOULENGER

La première fois que je vis M. Marcel Boulenger, c'était — mais à quoi bon dater ce qui remonte à plus de quatre lustres? — c'était sur le terrain du Racing Club de France au Bois de Boulogne: il jouait au tennis, durant que sur la piste en herbe qui longe les cours je luttais pédestrement contre son frère Jacques, érudit charmant, qui se bat en ce moment avec héroïsme. Déjà, élève du lycée Condorcet, M. Marcel Boulenger, était ce qu'il est demeuré: élégant et sensible, courtois et précis.

Il n'allait pas tarder à commencer d'écrire, et depuis — tout en étant durant plusieurs années sous-bibliothécaire à Sainte-Geneviève — n'a pas cessé, puisqu'il a publié : *La Femme baroque* (1898), (épuisé) ; *Le Page* (1900) ; *La Croix de Malte* (1902); *Couplées* (1903) ; *Quarante escrimeurs* (1903); *Les Quatre maladies du style* (1904) (épuisé); *Au pays de Sylvie* (1904); *Les Souvenirs du marquis de Floranges* (1906); *La Querelle de l'orthographe* (1906) ; *l'Amazone blessée* (1906); *Lettres de Chantilly* (1907); *Nos Élégances* (1908); *Les Doigts de fée* (1909) ; *le Pavé du Roi* (1910); *Opinions choisies* (1911); *Mes Re ations* (1911); *Le Ma. hé aux fleurs* (1912); *Introduction à la vie comme-il-faut* (1912); *Cours d: vie parisienne* (1913) ; *Le Fourbe* (1914) ; *Le Cœur au b'n* (1916) ; *Sur un tambour* (1916) ; *Écrit le soir* (1917) ; *Charlotte en guerre* (1918). Il prépare la *Cour* qu'on attend avec une impatiente curiosité. L'action de ce roman se déroule à Chantilly,

que chérit et où depuis bien des années habite ce parisien véritable. (M. Marcel Boulenger est né à Paris en 1873.)

Essayiste et romancier, l'auteur du *Page*, n'a pas cessé d'être un homme de sport, notamment un escrimeur adroit et redoutable. Entre temps il contribuait puissamment à acclimater et à fixer en France le levrier de courses : « La plus admirable race de chiens qui soit! », m'a-t-il dit plus d'une fois — admiration que partage, on le sait, son maître et grand ami Gabriele d'Annunzio.

L'écrivain est, en M. Marcel Boulenger, fait à l'image de l'homme — chose moins fréquente que ne le prétend un axiome fameux. Mais cette élégance revêt une sévère discipline classique. Ce lettré — latiniste plus qu'on ne l'est généralement aujourd'hui — a le respect du style : il écrit. J'ajoute, et ceci est une des particularités de son talent de romancier, qu'obstinément dévoué à toutes les traditions françaises, il n'en est pas moins, dès la première seconde, au courant des moindres particularités de la société parisienne : si jamais il écrit — et il le faut souhaiter — un livre où les souvenirs s'entremêlent aux maximes, notre temps aura enfin un historiographe de la grande lignée.

Et pour finir voici quelques opinions :

HENRI DE RÉGNIER : « ... les romans de M. Marcel Boulenger gardent quelque chose de concis et de sobre, un air d'esquisses qui est un de leurs charmes, mais auquel il ne faut pas trop se laisser prendre, car M. Marcel Boulenger n'a rien d'un improvisateur. Il est trop consciencieux pour s'abandonner au hasard. Qu'il nous conte dans *Le Page* la passion juvénile de Lucien Lorédan pour Matilda Monti, dans *La Croix de Malte* le timide amour de Rémy la Nérissaie pour Mme Dupont-Seugget, dans *Couplées* la rivalité de Sylvie Montreux et de Pauline Levaître, qu'il écrive l'*Amazone blessée* ou *Les Doigts de fée*, qu'il nous donne aujourd'hui *Le Fourbe* ou demain telle autre œuvre qu'il lui plaira, M. Marcel Boulenger est et sera toujours un écrivain d'un art très volontaire et très savant. Ses écrits en portent la marque. Il les signe d'une main ferme et nette, quelles que soient la virtuosité de l'arabesque et le caprice du paraphe. » (*Le Gaulois*, 3 juillet 1914.)

RENÉ BOYLESVE : « On lit et l'on relira des pages dans l'œuvre de Marcel Boulenger. Il y aura toujours par le monde une compagnie triée, qui saura gré à un auteur d'avoir connu et appliqué l'orthographe en un temps où les imprimeurs eux-mêmes l'oubliaient... Il y aura toujours des hommes pour accorder son juste prix à la compétence dont un écrivain fait preuve en traitant son sujet, et à la multiplicité des compétences qu'un écrivain aura manifestée. M. Marcel Boulenger sait écrire, moins encore en vertu d'une prédestination, que parce qu'il est grammairien ; il sait parler vénerie, parce qu'il est chasseur ; il sait parler chevaux, parce qu'il est cavalier — ce qui ne le dispense pas de connaître par cœur les préceptes de l'équitation d'après Xénophon ; il peut se moquer avec infiniment d'esprit de certains philologues, car il est réellement philologue ; s'il prend si noblement la défense du latin, c'est qu'il sait le latin ; s'il écrit un opuscule sur les *Maladies du style*, c'est qu'il a su s'immuniser contre elles ; s'il fait, comme il aime à s'en accuser, parfois « le pédant », c'est qu'il a d'utiles notions à nous enseigner, ne fût-ce que la syntaxe, qu'il s'efforce chaque jour d'agiter et de revivifier devant nous. Il est l'auteur de la plus frappante, de la plus rapide esquisse que je sache d'une course de chevaux, c'est qu'il sait tout du terrain d'entraînement, du monde et des épreuves sportives ; il est capable, en quatre lignes, de projeter à vos yeux l'image achevée, mouvante, exacte, inoubliable d'un restaurant à la mode, car il est là comme chez lui, et il est tout aussi bien l'homme de ces petites gens, *Amédée, le Père, Joseph, Philibert* ou ce *Gendarme Brun* qu'il a croqués dans un de ses plus heureux recueils, intitulé *Mes relations*. D'Annunzio seul parlera avec plus de somptuosité et de fougue de ses beaux chiens courant sur le rivage de la mer, mais non avec plus de grâce et d'amour que Marcel Boulenger... (*Les Débats*, 11 juillet 1914.)

LE PAGE

TITULARISÉ

Lucien Lorédan prétendait convaincre M\u1d48\u1d49 Matilda Monti, un jour de février, dans la ferme du Pré Catelan (1).

« — Mais si je ne vous dis pas maintenant que je vous aime, il vaut mieux que je m'en aille, car je ne sers plus à rien ici. Voyez, Matilda, nous sommes en pleine bucolique, puisque nous causons de nos cœurs dans une ferme, dans une étable même, où des vaches véritables nous tournent la croupe. Madame votre mère trempe là-bas du pain bis dans un lait mousseux... Faut-il que je chante? Je n'ai pas de chalumeau, tant pis !

— Qu'il ferait bon vous entendre jouer de la flûte, pastoureau ! »

Cette jeune fille avait un accent gazouillant et sonore et parlait en riant. Lucien Lorédan, au contraire, montrait à ce moment un visage désagréable, presque bourru, comme les amants qui veulent paraître trop sincères. Aussi lui ordonna-t-elle de détourner les yeux et de ne plus l'entretenir que de la pluie ou du brouillard, en regardant paisiblement les bonnes vaches alignées. « Nous ne devons pas inquiéter maman, fit-elle, pendant qu'elle mange ses tartines. »

Mais Lucien n'obéit pas, et reprit :

« — Voilà plus d'un mois que je ne vous quitte guère, et vous n'avez pas daigné même y prendre garde depuis le soir que vous m'apparûtes pour la première fois, dans le salon des Ennison. « Quelle est cette vierge de Giotto? » ai-je demandé.

— Malhonnête !

— Non pas, au contraire, vous savez bien que les femmes de Giotto ont des hanches, un profil net, des yeux byzantins qui leur descendent des tempes jusque tout près du nez; votre portrait est-il fidèle?

— Je n'ai pas de hanches.

— Que si ! Vous les cachez avec art sous un ingénieux corset, parce que cette partie du corps n'a point la vogue en ce moment, et que ces dames l'ont sacrifiée. Mais votre jupe fait la cloche et se balance. »

Comme pour constater l'exactitude de cette observation, la jeune fille voulut marcher, fit un pas. « Matilda ! » cria Lucien. Elle fronça les sourcils. « Pardon, j'ai cru que vous partiez, dit-il.

— Vous devenez insupportable, mon ami. Des cris pareils ! ce n'est pas du flirt, c'est du dressage. »

A vrai dire, elle n'était point fâchée qu'un joli jeune homme aussi bien élevé l'aimât jusqu'à l'impolitesse. Peut-être qu'en un lieu moins tiède et moins doux, elle eût montré de la rancune, car son cœur changeait comme le ciel ; mais la chaleur de l'étable l'avait engourdie. Au dehors, une brume glacée devait tomber sur le bois, et les arbres se resserrer pour accueillir le crépuscule. Les bêtes écoutaient l'ombre venir, et Lucien murmurait à présent :

« ...Non, amie, je ne sais même pas si je préfère que vous fassiez un geste, que vous parliez ou que vous ayez du chagrin, tant j'adore également vous voir et vous entendre, et tant il me serait doux de vous consoler. »

Elle lui permit de baiser sa main légère.

« Eh bien — soyez mon page. »

Et, courant soudain vers Madame Monti : « Tu sais, maman, je l'ai titularisé : il est mon page. »

---

(1) À l'époque où ce livre fut écrit, il y avait au Pré Catelan une ferme, et non un restaurant.

— Et monsieur le page commence-t-il son service aujourd'hui? répondit la dame.

— Sans doute, fit Matilda, ce soir, à l'Opéra, loge 32. »

Lucien admira la docilité de cette madame Monti, sans vouloir entendre tout ce qu'il y avait de fâcheux dans sa voix : car elle prononçait le français comme les Italiennes ne l'écorchent que dans les opérettes. Mais il la remercia tendrement, en donnant à ses mots le ton un peu gamin et très caressant que prennent les nouveaux gendres.

Puis une urbaine découverte, bien luisante, s'avança : la mère et la fille se tapirent sous la fourrure, les chevaux tournèrent entre les arbres, et la voiture disparut.

Lucien s'en revint à pied par l'allée des Acacias, toute mystérieuse sous le brouillard bleu, et d'où s'enfuyaient devant la nuit quelques dames et quelques messieurs, las de s'être salués doucement, pendant une heure, dans leurs équipages discrets.

II

UN BEAU MÉTIER

En arrivant à la Porte Dauphine, le nouveau page, qui avait un esprit précis, se résumait en phrases claires les perfections de Matilda, son cœur libertin, sa grâce, et quel bonheur c'était de prévoir qu'un jour il caresserait ses seins.

Les lumières étaient allumées au bord des pelouses, mais la chaussée restait dans la pénombre. Un phaéton qui rentrait s'y arrêta, et Lucien aperçut la pantomime joviale d'un monsieur corpulent. C'était Bob Milton, le duelliste.

« Hep, Lorédan ! Que faites-vous à pareille heure, seulet? Je vous ramène dans Paris, voulez-vous? »

Et Lucien d'escalader vivement la voiture, et de dire à son ami :

« Il est délicieux de marcher à cette heure, mon bon. A travers la buée, les rideaux et les dentelles, de petites lampes luisent dans les hôtels noirs et percent la nuit. Peau d'Ane, en quittant son château, se retourna souvent et vit des fenêtres qui brillaient ainsi. Mais vous vous êtes encore battu, terrible d'Artagnan, j'ai lu cela dans les feuilles. »

Bob Milton sourit modestement. Son incroyable adresse à piquer la main d'un adversaire l'avait rendu fameux dans les combats, et ses duels étaient les mieux fréquentés de Paris. Aussi, sans que l'on sût comment, sa lourdeur d'esprit était-elle devenue pour tout le monde une aimable simplicité, son humeur injurieuse de la pure insolence, et les femmes disaient pudiquement « sa carrure », quand elles voulaient parler de son ventre énorme.

« — Eh bien, et vous, Lorédan, montez-vous en course bientôt? Les belles journées d'Auteuil ont recommencé.

— Oui, mais en ce moment il me gênerait fort de me casser les jambes.

— Ah, ah, une femme? Gare à vous ! Les hommes de sport sont des machines de précision qu'il ne faut pas déranger. Quand je dois tirer dans une poule à l'épée, ou bien aller sur le terrain, je m'enferme auparavant, afin d'éviter toutes les excitations. La perfection, comme justesse du coup d'œil et vitesse de main, est acquise aux hommes mariés. J'en viendrai là.

— Pas moi.

— Il faut pourtant se faire une raison. On vous voit toujours à cheval, essayant, appréciant, fatiguant des chevaux. Moi, je me bats, chacun son goût. Mais si je me fais écharper, si l'on me crève un œil, ou que vous vous rompiez les côtes en sautant la rivière d'Auteuil, ce ne sont pas ces demoiselles qui viendront nous soigner : une femme légitime y serait forcée, comprenez-vous?

— Ce raisonnement, mon brave Milton, décèle un calcul à faire dresser les cheveux. Entre découvrir la beauté d'une jeune fille et se marier, il y a mille nuances d'amour,

Lucien voit s'éloigner la voiture qui emporte Mme Monti et sa fille.

croyez-moi sur parole, et j'en connais une si douce que je ne veux rien vous en dire : vous la chercherez, et voilà déjà un plaisir délicat que l'on vous signale pour le temps où vous courtiserez une fiancée, en homme d'épée qui sait ce qu'il se doit. »

Lucien n'avait aucun scrupule à parler ainsi de délicatesse, de nuance, de Peau d'Ane, à des gens épais et stupides. Il mettait une telle assurance dans son accent qu'ils en demeuraient surpris, et charmés quelquefois. C'est ainsi que Bob Milton s'attendrit sur les sentiments raffinés dont on le croyait capable, et ne fit pas à son ami les allusions que celui-ci redoutait. Car le duelliste connaissait les Monti, et très souvent depuis un mois, au bal, çà et là en soirée, il avait rencontré la jeune fille toujours suivie par son page.

Avenue Percier, Lucien serra la main de Bob, descendit, entra dans une maison d'aspect médiocre et triste comme si on l'avait construite sous Louis-Philippe. Lentement, sans joie, il commença de gravir l'escalier en songeant que ses chères Monti étaient rentrées au Grand-Hôtel, où elles logeaient. Elles avaient traversé en riant la cour lumineuse où tant d'inconnus vont et viennent et se bousculent. Des fenêtres de leur appartement, on voyait le jet d'eau rougir ou bleuir, les voitures qui tournent et les oisifs qui jasent, les affairés qui sortent en mettant leurs gants d'un air sombre.

Ouf ! un étage : Lucien devait en monter trois encore. Plusieurs fois, il avait été prié de prendre le thé chez Mme Monti, qui semblait riche et recevait dans son vilain salon du Grand-Hôtel des Américaines, des Russes assez millionnaires. On parlait de Florence, de Milan, de chasses dans la campagne romaine. Le gros poète qu'on nommait Tof était toujours là, gouailleur et souriant.

Deux étages. Insupportable, ce Tof ! Il habillait sans aucun art son corps ridicule. Dans son visage barbu de mage ou de pacha s'ouvraient des yeux si beaux, si fins, et qui regardaient chaque être et toute chose du monde de telle sorte que l'on n'eût point osé mentir impudemment devant eux, ni commettre une indélicatesse trop effrontée. Lucien donnait Tof à tous les diables, et d'autant plus qu'il le fallait ménager, car c'était l'amant de la bonne madame Monti.

Trois. Et n'en était-il point partout, des Tof, dont les yeux gênent et troublent les plus hardis ? Lucien voyait près de lui, à tous les repas, sa mère, une pauvre femme rongée par la timidité, veuve trop tôt, épouvantée par les prévisions, l'avenir et cent billevesées. Leur fortune était modeste ; Lucien ne voulait rien faire, et Mme Lorédan lui gâtait la vie en répétant vingt fois le jour que tout serait bientôt perdu.

Quatre, enfin. Il sonna : une bonne ouvrit. « Ma lampe, Julie. Mère est-elle rentrée ? Je sors ce soir : préparez mon habit. Quand dînera-t-on ?

— Dans une heure, monsieur. »

On ne voyait en sa chambre que des livres brochés. Il s'assit et se mit à écrire des lettres avec le plus grand soin, car la grâce de ses billets était un de ses moyens de parvenir ; les femmes et les sots y avaient d'abord vu le pire pédantisme, mais avouaient maintenant « qu'il tournait ça très joliment ».

Hélas ! toujours parvenir, toujours s'efforcer, quelle fatigue ! On l'accusait de vivre oisif...

« — Lucien, lui dit sa mère le soir même, en dînant, ton cousin Pierron vient encore de m'écrire : il te propose des appointements superbes à Reims, une espèce de gérance...

— Oh ! maman, ne me persécute donc point sans cesse ! On veut que je travaille ; mais j'ai un métier difficile et périlleux : je monte en course. On ne me paie pas, c'est vrai : mais on me divertit, on me nourrit, on me chauffe dans vingt maisons luxueuses ; on met à ma disposition voitures, automobiles et chevaux, et je passe quatre mois d'été chez plusieurs amis. Ma jument Liliane me coûte dix louis par mois, mon tailleur guère plus et je n'invite qu'une fois chaque semaine un de mes hôtes à déjeuner. Je ne joue point, ni ne fume, et ne fais pas une dette. Le jeudi, fidèlement, je préside le dîner que tu offres à tes amies intimes... Que te faut-il de plus ? »

Lucien n'ajoutait pas qu'il devait à ce dîner du jeudi presque toute l'élégance de sa conversation : un vieux cousin, Damet du Val, collectionneur d'émaux, lui fournissait hebdomadairement l'érudition facile et les anecdotes dont ensuite le jeune centaure faisait des contes aux dames. Il passait de la sorte pour un lettré chez les gens de courses, pour un sportsman chez les artistes, et aux uns comme aux autres, il plaisait.

Ce rôle n'était pas difficile à tenir, pourvu qu'on y apportât quelque application et de l'énergie. Et Lucien se sourit dans la glace, en s'habillant pour l'Opéra : il ne trouvait point trop mal sa figure nette encadrée de cheveux blonds de lin, ni ses yeux bleus scintillants.

III

NOUVELLES DE PARIS

A madame la marquise Agnese Campavera.

« Là, là, tu me grondes, tu me fais peur, gentille Agnese. Mais c'est une preuve que tu m'aimes bien, et alors cela me plaît. Ecoute maintenant, mauvaise amie, je vais te dire la vérité : sache donc que le comte Jenkins, et ton Giulio, et l'étourdie Mabel Giannone, et toi-même, Agnese, vous m'avez beaucoup vexée en vous moquant tous les quatre de moi, quand je suis partie pour

Paris, au mois d'octobre passé. Vous m'avez répété cent fois que je ne saurais jamais le français, que ce n'était pas la peine de quitter Florence, et que je reviendrais aussi incapable de causer avec un Parisien qu'il y a six ans. Mais alors, gens malhonnêtes, j'étais une petite fille. Maintenant, je suis une grande petite fille, qui regarde autour de soi, et je francise délicieusement bien,

« Ah! en arrivant ici, comme j'écoutais ! J'essayais de saisir l'accent, l'accent vrai, pas celui de Jenkins, ni de Herbert de Tolpitz, qui est viennois. Or, depuis Lyon, j'ai été surprise ; véritablement, on a raison : tous ces Français nasillent. C'est peut-être à cause de cela qu'ils passent pour tellement spirituels. En effet, essaye de dire quelque chose en fermant à demi tes yeux, tu sais, et en nasil-

Lucien galopant au Bois.

comme j'espère que cette lettre vous le prouvera. Et voilà pourquoi je ne t'ai pas écrit avant aujourd'hui : j'attendais que mon style fût mûr, comprends-tu? D'ailleurs, maman envoyait là-bas des nouvelles chaque semaine.

« Tu montreras ma lettre surtout à M. Jenkins. Depuis qu'il est comte du Pape, il se croit infaillible, et je pense qu'il va fonder une religion quand il sera revenu dans sa Chicago. Quant à Mabel et ton mari, j'en ai pitié, en français, car ils prononcent des phrases, ma chère, qu'ils terminent jusqu'au bout. C'est ridicule : on ne finit pas, on oublie les verbes, on abrège les mots, enfin on cause légèrement.

lant un tout petit peu. Tu verras comme tu paraîtras fine.

« Maman ne peut pas s'habituer à ces manières-là. Tous les Parisiens bien élevés que j'ai vus plaisantent toujours, et sans rire le plus souvent. Alors, maman est déroutée : elle se juge perdue, croit qu'on la raille, et je l'ai entendue dire l'autre jour que personne n'aimait les vers, ici, et que c'était très gênant. Nos amis Ennison prétendent que c'est moi qui la dirige. Elle a pourtant coutume de Paris, puisqu'elle y vient tous les deux ans.

« Tu les connais, ma chérie, ces Ennison. Ils t'ont parlé à Florence. D'ailleurs, tu connais aussi Mme Zetchkine, Mme Saint-Vaille,

**

Mme Hardley. Toutes ces dames ont des ceintures qui leur effacent les hanches et leur font rentrer le ventre tout à fait. Lorsque l'on porte avec cela une robe toute plaquée au corps et de ces jolies manches qui dessinent les bras et les épaules comme une étoffe mouillée, on a l'air nue sous sa robe : c'est très joli. Moi, ces ceintures me vont très bien, parce que tu sais que j'ai la poitrine un peu forte : alors, la jupe toute simple, la minceur des hanches, de la taille, tout cela fait comme une tige.

« Tu as su par maman, sans doute, tout ce que nous faisions. Peuh ! il pleut souvent et le ciel est triste cinq jours sur sept. Alors, on se rencontre dans les salons pleins de lumière. Il faut beaucoup de gaîté, dans le nord. Les Parisiens ragent quand on leur dit qu'ils sont dans le nord. Mais tous les dimanches, ils offrent une bien belle fête, les courses. Nous n'y manquons jamais. Je dis que c'est beaucoup plus beau que les jeux antiques dont ton vieux Fioravizzi nous a fait des descriptions.

« Adieu, mon Agnese. Ai-je donc encore quelque chose ? Mais oui ! Que me parles-tu de M. Pierre Toffannel ? Qu'est-ce que cela ? Tu as donc oublié son nom ? C'est Tof qu'on l'appelle, le gros poussah, et non pas Pierre Toffannel. Il fait toujours des vers, et m'a chargée de te féliciter parce que tu habites Florence et que tu es jolie. Il y viendra sans doute cette année, comme de coutume. C'est maman qui vous a écrit que je ne l'aimais pas ? Quelle idée ! Un vieil ami comme lui ? Mon oncle Guido le trouve aimable, chacun admire béatement tout ce qu'il dit, même quand c'est agaçant. Non, non, je n'ai rien du tout contre Tof. D'ailleurs, je le vois tellement, tellement souvent que je m'y habituerais.

« Et puis, est-ce que je sais si j'aime Tof ou non ! Je ne sais jamais rien, ma pauvre Agnese, et ta petite Matilda voudrait bien t'avoir près d'elle, souvent, quand l'incertitude la rend pluvieuse comme Paris. Il me suffit de changer de lieu pour que je ne sente plus la même chose qu'un instant avant. Le Grand-Hôtel, où nous vivons, m'affole : tant de monde, tant de bruit, de rires, de questions, d'électricité ; toujours dîner avec cent personnes, habiter avec mille, je ne sais plus ce que je fais, je tourne comme du papier de soie... J'ai beaucoup de chagrin. Et je t'ennuie, tiens, je le vois. Mille baisers pour toi, ma chérie, et un pour ton mari, tu permets ?

« MATILDA. »

« P.-S. — J'ai fait la connaissance de quelques personnes. Je les surnomme : j'ai appelé « mon page » un jeune homme qui monte en course et qui est charmant. »

IV

DES DATES

Matilda se promenait à pied tous les matins qu'il faisait beau, vers onze heures. Elle marchait avec madame sa mère jusqu'à la grille du bois de Boulogne et revenait, heureuse des saluts accoutumés et des sourires supplémentaires qu'on leur offrait ; contente aussi d'apercevoir son page sur Liliane, quand les exigences de son métier ne forçaient point celui-ci à travailler dans les haras de la banlieue, à courir chez les marchands de chevaux ou à combiner des opérations devant le bureau redoutable des puissants seigneurs, maîtres d'étalons nombreux et de surprenantes pouliches.

Lorsqu'ayant sa matinée libre, Lucien galopait au Bois et qu'il voyait son amie, il retenait doucement la souple Liliane, et la jolie bête, docilement, s'allait non sans grâce ranger près d'elle. Lucien disait alors n'importe quoi, une fadeur, et du haut de sa selle, baisait Matilda des yeux. Celle-ci, la tête levée, riait à plaisir, et comme la marche l'avait essoufflée, ses beaux seins tendus palpitaient sous l'étoffe : le page y rêvait tout le jour.

Mais ce matin-là, Lucien revêtit un vêtement d'esquimau, un terrible vêtement de fourrure sous lequel il parut un ours gringalet, un monstre d'ours. Il coiffa d'une casquette en cuir ses cheveux blonds, et grimpa dans l'automobile pourpre que René des Eparges, son camarade, lui prêtait. Il allait, dans cet appareil, chercher mademoiselle Monti pour la régaler d'une promenade en automobile.

« Mais vraiment, est-ce que j'aime Matilda ? » se disait-il en roulant vers le Grand-Hôtel. « Je ne puis l'épouser : elle est trop riche et je n'ai rien. Je suis son page, voilà tout, et je n'ai droit qu'aux baisers d'aventure. Advienne que pourra ! Mais la couleur qu'il me faudrait porter, si je tenais pour elle dans un tournoi, serait la gorge de pigeon, fugitive. »

Au même moment, Matilda, prête à sortir, descendait l'escalier du Grand-Hôtel, une lettre à la main : « Mon oncle Guido nous écrit qu'il va dans un mois revenir de Londres pour nous chercher. Que ferai-je de mon page ? Plusieurs fois le jour, je crois que je l'aime... J'en doute dès qu'il s'éloigne ; mais dès qu'il revient, il me plaît. »

Enfin, le poète Tof, lui aussi, marchant vers le Grand-Hôtel, coudoyé des passants qu'il voyait à peine, suivait de son œil mi-clos des formes aimées ; il se chantait tout bas :

Où sont les doux plaisirs, qu'au soir sous la nuit brune
Les Muses me donnaient, alors qu'en liberté
Dessus le vert tapis d'un rivage écarté
Je les menais danser aux rayons de la lune ?

Or ce fut Tof qui arriva le premier au rendez-vous, et les beaux vers de notre Du Bellay l'avaient sans doute bien attendri puisqu'il parut troublé, lui dont l'ironie et la pitié avaient fait un grand philosophe. Matilda qui ne le goûtait guère, quoi qu'elle en eût, n'essaya point de ranimer sa verve, mais répondit avec résignation à des : « Il

ne pleuvra pas aujourd'hui... Le général X. s'est suicidé... Delmas a-t-il bien chanté ?... » Un tel dialogue eût agonisé tout à fait si madame Monti n'était survenue à son tour, toute émue : « Eh bien, Tof, Matilda vous a-t-elle dit que nous avions reçu des nouvelles de Guido ? Il traversera Paris à la fin de mars et compte nous remmener vers Florence... »

Mais comme Matilda dissimula sa pensée et que le poète affecta la tranquillité, la pauvre madame Monti se sentit soudain glacée entre sa fille et son gros Tof. Il ne fallut rien moins que l'entrée du page déguisé en bête féroce pour les délivrer de leur gêne et de leur silence :

« Qui vient avec moi ? s'écria-t-il. J'ai ce matin la plus belle automobile de Paris : elle est rapide comme un express et rouge comme un char de muscadin. Nous écraserons vingt personnes ! Ah ! mais, mon pauvre Tof, il n'y a pas de place pour vous. »

Celui-ci affirma doucement que cela n'avait aucune importance. « Qu'a donc Tof ? » demanda Lucien, en s'éloignant avec Matilda. « Il boude, parce que nous partons dans un mois. »

Lucien s'approcha d'elle, en suppliant : « Pas encore, Matilda... Ce n'est pas possible. » Tout à l'heure, il se demandait sincèrement : « Est-ce que je l'aime ? » A présent, la réponse était trop certaine.

Pendant ce temps, le bon Tof murmurait à madame Monti : « Nous allons encore nous séparer, mon amie : quelques mois longs et tristes à passer loin de vous. Mais mon affection ne cesse jamais, vous le savez. Je suis inamovible. Allez, ne faites pas languir ces petits... Bah ! point de tristesse... »

Et le bon Tof sourit, de toutes ses forces.

La mère et la fille montèrent donc seules avec Lucien dans la voiture frémissante, qui tremblait de colère entre ses roues. Lucien fit jouer des rouages, on partit : il était temps. Matilda, nerveuse, serait restée.

C'est qu'elle se repentait d'avoir ainsi

parlé de départ à son page, si rudement,
sans plus d'apprêts. Elle voyait ses lèvres
se serrer, ses mains se crisper sur les poignées
de métal, et la voiture filait plus vite,
tournait plus court. Matilda pâlit : elle
savait Lucien volontaire et violent, elle eut
peur.

On croisait maintes voitures, effleurant
les unes et les autres, au hasard de la course,
et les maisons de la rue Royale s'enfuirent
comme des images légères.

Certes Lucien, en ce moment, eût volontiers jeté les Monti, ses ennemies, contre
quelque mur solide : il les détestait. Non
que l'événement fût imprévu ; il savait bien
qu'elles partiraient un jour, mais sans y
croire, parce qu'il est dans la nature des
hommes de ne pas tenir pour vrai ce qui
les contrarie. Et ces deux femmes sournoises
étaient là, près de lui, serrées sur la banquette !

Matilda pensait sans doute à Florence, à des
coquetteries lointaines. Parbleu, elle se ma-
rierait, là-bas !

L'automobile gronda, roula, vola vers
l'Arc de Triomphe.

Mais se jouerait-on de lui ? Allons donc,
il empêcherait bien cette gamine capricieuse
de quitter Paris, puisqu'il l'aimait en dépit
de tout ! C'était une course à gagner, en
avant... Il fallait en un mois la conquérir
si bien que l'Italie parût à la chère petite
le bout du monde ou les tropiques. Un mois
seulement, un mois !

Lucien, grisé d'impatience, de jeunesse
et de passion, lança l'automobile comme un
fou. Bien qu'à demi suffoquées, madame
Monti et Matilda enivrées aussi riaient malgré le vent. Et sans souci de la terreur des
bêtes et du courroux des hommes, par les
routes et les rues, les villages et les allées,
à Neuilly, à Longchamps, à Boulogne, autour
des lacs et tout le long des belles avenues,
le page conduisit son chariot diabolique,
laissant derrière lui tout un cortège de piétons
furieux et de chevaux cabrés.

V

UNE FAUTE

Lucien, dès lors, n'eut plus de repos. S'il
est vrai qu'on ne s'attache une femme que
par les soins qu'on sait lui rendre ; qu'on
n'obtient tout son cœur qu'en surveillant
minute par minute ses moindres battements ;
que mieux vaut obséder qu'être trop discret et bavarder que de se taire ; si l'amour
enfin, est surtout affaire de jardinage et d'hor-
ticulture, il faut prévoir que Matilda se donnera toute à son page.

Pendant quinze jours, il fut à lui com-
plaire, à l'amuser, à mourir de tristesse chaque fois que tombait le crépuscule ou que
le soir s'achevait. Elle n'eut bientôt plus
un doute sur la grande distance qu'il y avait
entre elle-même et toutes ces femmes qu'ad-
mirent les badauds, car Lucien portait au
ciel son esprit et sa beauté : comment ne
pas l'en croire ? Il arrangeait les promenades
et les soirées, et les plaisirs çà et là : comment
séparer ensuite son image d'avec les souvenirs aimables ? Il contait à l'ironique Toï
les histoires du temps passé dont le cousin
Damet du Val lui apportait chaque jeudi
toute une glane, et Toï le jugeait un page
de bon goût. Madame Monti appréciait son
âme parce qu'ils disputaient ensemble sur
les plus nobles sentiments humains. Et plus
il aimait Matilda, plus celle-ci le tenait pour
un sage.

« Avouez, lui disait-il, que dans votre
Florence, vous êtes la millième merveille,
et que les voyageurs ne jugent pas leur visite
complète tant qu'ils n'ont point vu passer
aux Cascine la célèbre Matilda Monti ? Allons,
avouez...

— Je veux bien, répondit-elle ; mais vous
êtes impertinent parce que vous m'appelez
millième. »

« Je veux bien », dit-elle encore le jour
que Lucien lui proposa de l'accompagner

boulevard Maillot et de demeurer blotti dans la voiture pendant que Matilda rendrait seule visite aux Saint-Vaille, madame sa mère étant indisposée. Ils partirent de bonne heure, se caressèrent un peu durant le trajet, et Matilda expédia promptement sa visite. Comme elle remontait dans son fiacre, Lucien qui s'y tenait caché lui dit : « Si nous allions nous promener dans le jardin d'Acclimatation ! Il n'y flâne presque personne en ce mois-ci ». Hélas, elle y consentit.

Ce jardin était encore, voilà quelques années, une oasis d'arbres où l'on pouvait ne pas trop s'étonner de voir vivre des animaux. Aujourd'hui que l'on y a construit en tous lieux des boutiques, il nous faut rencontrer l'éléphant parmi des bars, et voir non loin des girafes un panorama. Pourtant, tout enlaidi qu'il soit, tant de nos pauvres sœurs les bêtes y rêvent en silence, que c'est un lieu puissamment triste.

On s'y croirait loin de Paris. A deux pas de là, cependant, bruissent maintes potinières et roulent des équipages ; tout près aussi s'ouvre un faubourg bâti sans doute pour les cyclistes du monde entier, tant s'y pressent de restaurants et d'hôtelleries. Mais, entre les grilles du Jardin d'Acclimatation, une société d'animaux choisis est assemblée : ils ne font rien, mangent un peu, pour tuer le temps ; la solitude et l'ennui donnent aux plus mutins cette dignité qu'on gagne en exil : c'est le Coblentz des animaux. Il en vint de tous les points cardinaux, et l'on distingue au fond de ces yeux troubles, en se penchant, le songe d'un soleil plus clair ou la nostalgie des neiges lointaines. Amants et philosophes, fuyez ce lieu ! Vous y prendriez, stoïciens, l'orgueil en pitié ; le chameau vous donnerait des leçons de mépris, sceptiques ; et vous, pauvres amants, vous verriez peut-être deux bêtes frileuses se réchauffer l'une l'autre, et votre tendresse humaine après cela vous paraîtrait bien fade.

Quand Lucien et Matilda furent entrés dans le Jardin, ils s'étonnèrent soudain du silence qu'on y entendait : à peine, au loin, un ou deux abois, mais nul bruit dans les branches encore sans feuilles, ni sur le sol humide où les pas ne résonnaient point. Il avait plu. De très rares promeneurs erraient dans les allées aussi doucement que les cygnes sur le petit lac, et l'on ne devinait un peu de vie que dans la serre où les plantes, sous globe, étouffaient.

Matilda s'aperçut tout à coup qu'elle était seule avec Lucien, comme Eve après sa faute s'aperçut qu'elle était nue. Sa pudeur, dont elle n'avait que faire à Paris, renaissait ici. Et elle songea que Lucien était pour elle, florentine, un barbare, un étranger.

Derrière les grillages qu'elle longeait, des oiseaux de toutes sortes, longs comme Jonathan ou trapus comme John Bull, hirsutes ou coquets, en habit de cour ou de voyage, montés sur pattes de verre ou plantés sur leurs griffes, debout dans des mares ou couvant de petits rochers, des oiseaux de maint plumage lui déplaisaient ou plutôt, l'inquiétaient. Ces êtres-là se méfient, c'est certain : ils regardent tous de profil, de côté, comme des peintures d'Egypte.

Matilda regarda son page ainsi et lui trouva l'air contraint. C'est qu'il sentait maintenant quelle sottise ce fut de la conduire là. Si la capricieuse l'aimait au milieu de l'élégance et du bruit, il était bien sûr que, dans la mélancolie, elle allait réfléchir et se détacher de lui. Petite bête acclimatée aussi, ne penserait-elle pas au pays lumineux d'où on l'avait amenée, lorsque l'y conviaient tant d'autres exilés comme elle, qui la suivaient doucement tout le long de leur prison, espérant du pain ? L'autruche, se croyant au désert, courait. Des antilopes voulurent bondir : en deux sauts, elles furent aux grilles. Certains ruminants ne bougèrent même pas. Un aigle tourna la tête. Matilda pleurait presque. « M'aimez-vous ? » disait-elle pour parler. « Vous le savez », répondit-il humblement tout bas.

En arrivant au bassin des otaries, ce fut

Lucien et Matilda, au jardin d'Acclimatation.

de la détresse : à la fois gracieuses et horribles, celles-ci se jouaient tumultueusement dans l'eau bouleversée, où l'on comprenait mal que tant de monstres pussent évoluer, plonger et replonger. Subitement, une outre de soie noire émergeait en hurlant, se jetait sur les rebords en pierre du bassin, y glissait et retombait ; ou bien elle se poussait sur la terre et faisait peine à voir. Un vieux phoque à moustache blanche tournait désespérément, terrible.

Lucien et Matilda sont sortis presque fâchés, sans s'être pourtant fait un reproche, de ce Jardin de spleen et de lamentations, et toute la tribu des chiens captifs les saluaid'une clameur d'adieu plus sauvage que tendre.

Il ne faut pas mener les petites filles impressionnables dans les lieux où l'on souffre, où l'on se plaint, où l'on regrette.

VI

LE JEU DES DEVISES

De toutes les manières de se réconcilier avec Matilda, Lucien choisit la plus agréable :

il fit la cour à madame Zetchkine. Outre la beauté de cette dame et les cheveux orangés qu'elle avait, l'occasion aussi tenta notre page, car il rencontra par hasard madame Zetchkine et Matilda chez Cuviller, rue de la Paix. Or, ne point parler en un lieu où l'on mange et où l'on boit, c'est se résoudre à passer pour un être plein d'appétit, mais à peine différent d'un singe. Il ne manque pas d'hommes élégants qui entrent avec une femme chez l'épicier modèle, et là, debout le plus souvent, après s'être fait tailler des sandwiches, les dévorent en silence vis-à-vis l'un de l'autre. Redoutant ce ridicule, Lucien se mit à causer avec vivacité. Mais Matilda, gênée peut-être, ne semblait pas désirer qu'on la complimentât, ni même qu'on l'amusât. Il fallut donc bien offrir à sa compagne des hommages qui eussent été perdus.

Fallait-il vraiment? Certes, et d'abord parce que c'était habile. Ensuite, le moyen de tenir des propos qui ne soient pas galants, rue de la Paix, à cinq heures et demie! Sur ces trottoirs plus doux que les autres aux souliers vernis, vous marchez, l'œil au guet. A chaque instant, des coupés s'arrêtent dont les portes sont ouvertes par des grooms, et de jolies femmes sortent de leurs boîtes pour entrer qui chez son bijoutier, qui chez le fourreur, qui chez Doucet. D'autres flâneuses s'arrêtent aux étalages afin qu'on voie plus longtemps leur taille et leurs fourrures; d'autres encore attendent sans doute que les messieurs inoccupés s'occupent à leur dire deux mots. Cependant, vous allez, l'imagination pleine de fêtes galantes, et la lumière de cette rue où tout scintille est si fine que vous y trouveriez aimable même une sotte et même un refus.

Mme Zetchkine n'avait rien d'une sotte, ni la laideur, ni le goût de babiller en vain. Elle savait ce qu'elle voulait dire et le disait en un français barbare et savoureux. C'est ainsi qu'elle répondit à Lucien :

« — Monsieur Lorédan, laissez vos révérences un petit peu, et dites-moi quel homme est-ce, M. Gaston Vilain?

— Je ne puis, madame : il vous intéresse, donc j'en suis jaloux. Je n'en dirai rien.

— Vous devez pourtant. Est-il joueur?

— Non, puisqu'il triche. A Auteuil, ses poulains sont truqués comme des mécaniques. A la Bourse, ses amis ont bien du mal...

— La Bourse, il dit qu'il ne sait même pas où elle se trouve.

— Le blagueur ! il dirait aussi cela du Palais de Justice.

— Mais il parle gentiment aux femmes. A moi, il décrit mon avenir, dans lequel il ne s'oublie pas.

— J'espère au moins qu'il n'appelle pas ça la bonne aventure.

— Et s'il est sincère, savez-vous?

— Je sais qu'après neuf heures du matin, nul ne l'est plus.

— Vous allez bientôt mentir, monsieur Lorédan.

— Oui, madame, si vous m'y forcez en fronçant ainsi les sourcils, ce sera bientôt fait.

— Taisez-vous seulement une minute et je vous pardonne. »

Matilda s'était assise et regardait passer les gens d'un air si las, si triste même que Mme Zetchkine se pencha vers elle, et lui demanda tout bas : « A quoi souffres-tu, mignonne, en ce moment-ci?

— Mais à rien. Seulement, sortons d'entre ces boîtes de conserves, veux-tu? M. Lucien n'en madrigalisera que mieux ensuite. »

Il n'y a que la première allusion qui coûte. Un homme à grande barbe noire marchant non loin d'elle, Matilda ne perdit point l'occasion de confier à Olga Zetchkine qu'elle adorerait un mari un peu respectable, comme ce monsieur-là, qui ne paraîtrait à personne un gamin : elle aurait confiance en lui.

« — Bah ! répondit son page, un homme à grande barbe passe-t-il que l'on se dit : la noble tête ! Est-il passé? les oreilles du crétin se montrent. »

Pour le coup, Matilda voulut bien répondre : « Tandis qu'à propos de vous, par exemple, on entendra chacun crier : Fi ! l'impudent qui n'a pas honte de sortir avec la figure toute nue !

— Peuh ! reprit Lucien, il en va de cela ainsi que du reste, et il n'y a point que vous, mesdames, qui changiez de beautés comme de chemise, ou comme de modes, si vous voulez. Celle-ci plaît et celle-là ennuie, voit-on pourquoi? On est mélancolique et la gaieté revient sans qu'on sache bien à quoi l'une et l'autre tenaient, n'est-ce pas, mademoiselle Matilda? »

Ils s'arrêtèrent devant un petit magasin dans l'intérieur duquel on ne voyait que meubles anciens surchargés de groupes et de pendules. A l'étalage, entre des colliers d'aigues-marines et plusieurs chaînes précieuses, c'étaient cent brimborions qui reposaient : la pierrerie ancienne des uns luisait à côté d'un doux ivoire, et près d'un encensoir microscopique de discrets émaux avaient été rangés. On nommait cette boutique « le Vieux Paris », mais c'est plutôt « la Vieille Province » qu'il eût fallu dire, pour l'impression que l'on en gardait d'avoir déjà vu tout cela chez des grand'mères, dans les hôtels vénérables qui bordent le mail ou le canal.

« — Entrons-nous? dit Olga. Je veux acheter peut-être le petit encensoir, et quand Gaston Vilain et M. Lorédan dîneront ensemble chez moi, je le leur prêterai tour à tour. Mais Gaston est davantage fidèle, car voici

Au magasin du " Vieux Paris ".

déjà que M. Lorédan ne regarde plus que toi, Matilda, et ne m'écoute même pas. Il a bien raison. »

Et Mme Zetchkine commença de marchander le bibelot, puis une boucle de ceinture, une plaque brillante, des broches, des bagues. Matilda s'assit plus loin à une table dont s'approcha Lucien.

« — J'avais jadis mon page, lui dit-elle, mais aujourd'hui je dois attendre que les autres femmes n'en veuillent plus pour qu'il revienne à moi.

— Et pourquoi donc me fîtes-vous aussi grise mine, quand je vous rencontrai? Je me suis cru disgracié.

— J'étais triste depuis l'autre jour, vous savez, au Jardin... Je vous gardais rancune, et quelle mine voulez-vous faire lorsqu'on ne sait comment accueillir quelqu'un? On prend l'air ennuyé; c'est le plus commode.

— Il fallait, Matilda, si j'avais déchiré vos doigts d'un baiser rude ou maladroit, me tendre de nouveau votre main. On cicatrise par un autre baiser la brûlure du premier.

— Je ne suis pas assez bonne.

— Il ne s'agit point là de bonté, mais de plaisir. La plus sage maxime humaine est d'éviter à tout prix les grossiers soucis. Les chagrins sont trop lourds et bons pour des goujats. »

Lucien, tout en parlant, maniait divers objets qui se trouvaient sur la table. A ces derniers mots, sa main errante prit dans une coupe où gisaient de vieux jetons l'un de ceux-ci. Ces jetons, datant peut-être de la Restauration, montraient des devises inscrites en lettres gothiques sur leur nacre jaunie. Lucien lut machinalement celle qu'il avait en main, et la montra en riant à Matilda :

« — Voyez, dit-il.

— *Cueille le jour.* Que signifie cela?

— Que chaque minute dont la Providence nous accorde le charme est pour qu'on en jouisse ; que les hommes doivent cultiver le bonheur comme un champ fragile, en bons agronomes qu'irritent la vaine ivraie et les papillons noirs ; et qu'enfin nul n'a le droit de laisser ses journées se gâter.

— Mais quand on est fatiguée, pourtant, et si la tristesse vous est venue ?

— Bah !» Lucien prit encore un jeton dans la coupe et lut ceci : *On va loin depuis qu'on est las.*

« — Vos jetons sont faux, et vous servent trop bien. Ne les faites plus répondre, mon page, et parlez vous-même.

— Eh bien, Matilda, vous savez que dans un stud-book, toute phrase caressante paraîtrait exquise, et, sans vanité, ma tendresse devrait vous sembler aussi plus délicate parce que je ne suis qu'un demi-palefrenier, à peine un jockey... Mais je vous aime comme si j'étais un poète. »

Cette fois ce fut à la jeune fille de tirer un nouveau jeton de la coupe enchantée, et le sort voulut que celui-ci portât : *Il dit cela de bouche, mais le cœur n'y touche.*

Le page de protester, de maudire à son tour les devises perfides ! Mais quoi, sa cause était gagnée, après tout, puisque son amie se penchait maintenant un peu vers lui, et le regardait sans rancune, et murmurait : « Taisez-vous, mais taisez-vous donc... » du ton qu'elle eût avoué : « C'est bon, allez, je vous aime aussi... »

Et ce fut bien par simple caprice de joueur en veine que l'heureux Lucien retourna le dernier jeton : *La chose s'en va faite,* y lisait-on.

VII

OU LUCIEN MÉRITE UNE RÉCOMPENSE

Quand un jeune homme affirme qu'il est très occupé, mais que pourtant il vit de ses petites rentes, nous haussons les épaules insolemment. Nous avons tort. Voyez plutôt.

Lucien s'éveillait de bonne heure, par tous les temps. Ce matin, il en était encore à manger ses rôties que déjà l'on sonnait à la porte. C'est une lettre de Maurice de

Salisbot : « Max Robin est malade, écrivait ce jeune oison, et Max Robin m'avait promis de venir avec moi examiner une jument que je veux acheter. Je n'ose me décider seul. Ne voudriez-vous pas le remplacer ?... »

« Ah, Max Robin est malade », se dit Lucien. Ce Robin jouait aussi dans le monde le rôle de jockey : c'était un concurrent. Lucien prit sa plume et rédigea un billet pour Salisbot : « Impossible... affaires... une autre fois... » Puis il sauta dans son tub, se vêtit bien vite et courut jusqu'à l'avenue Victor-Hugo où habitait M. Jean-Paul Ailly, propriétaire d'une belle écurie de courses. Celui-ci, bègue, blême et boiteux, était déjà prêt à monter en buggy pour s'en aller voir des bêtes.

« — Cher monsieur Ailly, dit Lucien, je venais nous demander si vous avez reçu la lettre par laquelle je vous recommande un petit protégé ? »

A la vérité, la demande était impertinente, car Lucien n'avait mis ce mot à la poste que la veille, et l'honorable Ailly ne se trouvait pas encore en retard. Il s'agissait du minuscule Jack Bourbon, gentil bâtard âgé de onze ans que Mme Constance Bourbon, fleuriste, avait eu d'un cocher très considéré.

Jean-Paul Ailly répondit avec empressement : « Mon bon, c'est une affaire conclue : le petit garçon entrera dans mon écurie comme lad. Je lui donnerai vingt francs par mois. Il rendra quelques services, et plus tard, nous en ferons un homme. Mais j'ai bien autre chose à vous demander : voulez-vous monter Bohémond dimanche ? Max Robin devait le faire, et je comptais beaucoup sur cette course. Mais l'imbécile est malade. »

Lucien triompha silencieusement, car son plan réussissait. Cependant, il se fit prier : « Je n'y tiens guère, vous savez. C'est une responsabilité, je ne connais pas le cheval... » Enfin il céda, mais au comptant : « Allons, j'y consens, et pour me récompenser, vous devriez bien m'obtenir de votre frère une

***

deux petits baisers qu'on lui laissa prendre non loin des lèvres, mais sur la joue, dans un boudoir où le thé se trouvait servi.

VIII

LE COUP DU DÉSESPOIR

Cependant, chaque soir, en s'endormant, la jeune fille avait dessein de ne rien refuser à son page le lendemain, car celui-ci l'avait enchantée tout le long du jour. Mais il en était de ce beau dessein comme de la tapisserie de Pénélope : Matilda le détruisait pendant la nuit, et elle avait au matin des scrupules.

Jérôme tire les bottes de Lucien.

Sa mère, il faut l'avouer, n'y entrait pour rien. La bienveillante et douce Mme Monti avait toujours eu des amants, prouvant ainsi la pureté de sa race, car elle était de noble famille, et l'on sait que, pendant deux siècles et plus, les Italiens bien élevés n'eurent aucune autre affaire au monde que l'amour. Si on l'avait livrée jadis au puissamment riche Girolamo Monti, elle s'en était si souvent consolée qu'elle n'en garda rancune ni à ses parents, ni à son mari, dont elle porta très bien le deuil : et Guido Monti, qui vivait lui-même en des amours diverses, était resté le conseiller et l'ami très indulgent de sa noble belle-sœur. Aussi la petite Matilda avait-elle respiré depuis son enfance un air de tendresse : rien de plus caressant que tous ces familiers de Florence, de Venise, des lacs, et rien de plus amoureux de l'amour que madame Monti. Si le mauvais destin eût voulu qu'elle surprît sa fille en plein baiser,

elle l'en eût peut-être grondée, peut-être...

Et Matilda savait bien cela. Mais Agnèse Campavera et Mabel Giannone, les deux coquettes, lui avaient donné là-bas des leçons d'hypocrite vertu. Ainsi Tof, le gros Tof, lui déplaisait, parce qu'il compromettait madame sa mère depuis trop longtemps. La vanité ne la soutenait pas moins dans ses rigueurs : chacun disait que des deux femmes la plus jeune était l'aînée, et dame ! noblesse oblige. En outre, si quelque charmante pudeur la retenait encore, Lucien lui-même n'eût pas souhaité que Matilda s'en dépouillât trop vite, tant un voile même léger donne de prix à ce qu'il cache.

Le jour que Lucien devait monter le cheval de Jean-Paul Ailly à Auteuil, il éprouvait pourtant des sentiments moins raffinés. Les garçons qui ont le goût de la lutte ne demeurent pas longtemps très délicats dès qu'ils ne sont plus dans l'oisiveté ; or, ce dimanche-ci, Lucien avait à triompher dans une course, c'est un acte, cela ! Aussi, quelque amoureux fût-il, sa Matilda ne tenait point dans son

Lucien prend deux baisers à Matilda dans le petit boudoir où le thé était servi.

Je disais qu'il faut un certain courage pour franchir à fond de train des obstacles redoutables au milieu d'un peloton de chevaux emballés, et qu'il est joli que de jeunes hommes se parent de cet acte un tantinet héroïque. C'est du luxe : Renan voulait qu'on frappât le courage d'un impôt somptuaire. La tradition du gentleman-rider est d'ailleurs ancienne, et les patriciens accablés qui brûlaient de conduire des chars dans l'arène se plaisaient ici. Ils nous ressemblent davantage que tous les capitaines Rag du hargneux Thackéray. Cependant, Castor et Pollux seraient honteusement battus à Longchamps. »

Cette conversation n'était point du goût d'Olga, qui se reprit à disserter avec Mme Monti sur les chapeaux ravissants qu'elle trouvait affreux et les fraîches toilettes dont elle blâmait tantôt le mauvais goût et tantôt le tapage.

Les inséparables Serge Zetchkine et Gaston Vilain revinrent pour la troisième course. Ils étaient allés parier, c'est-à-dire échanger des saluts et quelques plaisanteries avec les demoiselles de leur connaissance qui rôdaient çà et là derrière les tribunes. Avant la quatrième, on les vit reparaître encore au lieu où les chevaux se promènent au pas ; mais ils étaient accompagnés cette fois de toute la caravane : ces dames venaient admirer Bohémond.

C'était un immense pur-sang bai, à l'œil farouche, aux jambes si nerveuses et fortes qu'elles semblaient faites pour un galop géant et restaient toutes raides au pas. Son cavalier apparut un instant : Matilda vit ses genoux minces dans la culotte blanche, son pardessus clair, sa tête coiffée jusqu'aux yeux d'une toque en satin jaune. Elle le trouva fort pâle ainsi, eut l'impression qu'il était frêle et fragile.

« Mon page, mon cher page, lui dit-elle quand il s'approcha, vous allez gagner. Ne soyez pas triste.

— Matilda, s'il m'arrive un accident, ne l'attribuez qu'à vous. »

Plusieurs personnes les entouraient, la jeune fille ne put répondre à son gré. Mais elle pria Tof de la reconduire à sa place, où elle s'assit toute tremblante, et dès lors, elle ne bougea plus.

Les tribunes se garnirent soudain. Un par un, les chevaux arrivèrent sur la piste et galopèrent vers l'endroit du départ. L'immense Bohémond portait un jockey jaune et blanc. Il se réunit aux autres, dans le lointain, et toute la troupe partit d'un seul coup. Une haie, deux haies, un cheval tombe, un autre : Matilda frémissait à chaque chute, mais une petite boule de soie jaune conduisait toujours le vertigineux Bohémond. Les chevaux arrivèrent sur la rivière. Lucien était le troisième et la foule, dans les tribunes, palpitait : un bond, hop ! et le premier cheval est passé, le second le suit et Bohémond s'enlève sans effort, mais retombe mal, roule... Il y eut un cri ! — ce n'est rien, le cavalier se relève, veut remonter sur sa bête ; mais celle-ci boite, il faut rentrer.

On vit alors le jockey jaune et blanc prendre le bras d'un homme pour marcher : il était étourdi peut-être et tirait un peu la jambe.

Il avait perdu la course, mais gagné tout à fait le cœur de son amie.

IX

LE RENDEZ-VOUS

Tof vint le lendemain prendre des nouvelles de Lucien, et lui confia de la part des deux Monti « qu'on fût allé le voir s'il avait été seul chez lui, mais que madame Lorédan intimidait, et qu'on avait craint de ne pas sembler convenable au cas où d'autres personnes se fussent trouvées là ».

Mais Lucien n'avait que l'épaule contuse et le coude écorché, et il put se rendre le soir même chez les Ennison où les bals, exquis, se passaient dans l'escalier : leur hôtel, assez petit, en effet, possédait un escalier monumental, mollement arrondi, et dont chacun des larges degrés supportait une chaise, un fauteuil. Aussi du haut en bas n'était-ce qu'une longue théorie de femmes, vers qui des hommes embellis par la courtoisie s'inclinaient pour causer. Aux étages s'étendaient de grandes oasis de palmiers et de tapisseries : on y devisait à voix douce, au son atténué des valses.

Lucien ne chercha donc pas autre part que sur les marches fleuries madame Ennison : il y trouva deux de ses filles. Ayant dit un compliment à chacune, il rencontra la troisième et apprit d'elle que sa mère se trouvait dans un petit salon. Le pauvre Lucien offrit encore une phrase aimable à cette demoiselle et songea que, pour payer sa bienvenue, il devrait aussi murmurer quelque chose à la maîtresse du logis. Il fit ce rêve d'une maison où des valets de pied bien stylés seraient aux côtés des hôtes, et, arrêtant d'un geste les nouveaux arrivés : « Inutile, madame ; inutile, monsieur », prononceraient à leur place quelques mots polis.

Puis il aperçut Matilda qui bavardait avec René des Eparges, assise au fond d'une bergère.

« Oui, disait-elle, le jour de notre départ est proche : nous n'irons plus au Bois...

— Les lauriers-roses vont y bourgeonner, pourtant.

— Mon page que voilà ira les voir fleurir. » Et elle lui tendit sa main qu'il baisa.

René des Éparges était un jeune homme très distingué, fort aimable, mais qui n'avait aucune présence d'esprit dès qu'il se trouvait entre des amoureux. Il se troubla, balbutia, ne sut où mettre son sourire, et finalement leur fit le plaisir de les quitter.

« Que vous m'avez fait peur, hier, mon page ! Vous ne monterez plus.

— Peuh, que je fasse ceci ou cela, que je vive ou non... Je sais seulement que vous allez partir et me laisser affreusement seul. »

Jamais Lucien ne parlait plus sincèrement que les soirs où Matilda était toute décolletée, à cause de sa grâce savoureuse et de son impudeur. Sa taille effilée, ses jambes longues, tout son corps s'élevait du sol comme pour hausser ses épaules nues jusqu'au regard des hommes.

« — Vous m'écrirez là-bas.

— Non. Je ne veux pas que de tristes lettres s'en viennent vous chagriner, et le souvenir que vous garderez de moi restera tel que vous l'aurez voulu.

— C'est un doux et cher souvenir, alors, car j'ai passé des mois heureux.

— On dit que ceux dont la santé est bonne et le cœur froid, passent, où qu'ils aillent, des mois heureux.

— Je ne suis pas ainsi, ne le savez-vous point?

— Je voudrais en être sûr...

— Mais comment faire? Il faut comprendre à demi-mot.

— Hélas, Matilda, ne me ferez-vous jamais l'aumône d'une bonne parole tout entière? Vous répondez toujours comme un oracle, et vos décrets sont si douteux, si aigus qu'ils me font mal, et peut-être à vous-même...

— Chut, éloignez-vous un peu, mon page, vous me compromettez... Tenez, allons faire un tour, donnez-moi votre bras.

— Le donner? non pas : je vous le vends, très cher, contre une petite orchidée que vous allez cueillir là, près de vous, dans cette corbeille. Mais pas si vite, et sachez que je prête une grande valeur à cette fleurette déchiquetée : elle signifiera que vous n'aimerez nul autre que moi tant que vous resterez à Paris... Ne me la refusez pas.

— A quoi bon, puisque je vais m'en aller? Il vous faudrait me la rendre aussitôt que donnée.

— Eh bien, demain?

— Et mes visites?

— Et la migraine? »

La jeune fille chercha de bonne foi quel motif elle pourrait bien trouver afin de ne pas recevoir en particulier, demain, ce jeune homme qui l'en priait si vivement. Quoi ! sa démarche était-elle déshonnête? — il venait prendre congé. S'en trouverait-elle compromise? — nul n'en saurait rien. En voulait-il à sa dot, après tout? — jamais il n'avait seulement parlé de mariage. Non, il lui demanderait peut-être une caresse moins furtive... Voilà tout.

Matilda se leva, prit le bras de son page, commença de descendre l'escalier. Comme la soirée s'était avancée, les jolies femmes s'étendaient plus mollement dans leurs fauteuils, tout le long des marches, et leurs

Avant le départ.

amoureux effrontés s'étaient accroupis à leurs pieds. On n'entendait que madrigaux par ci, serments par là, chuchotements... L'obèse Bob Milton faisait de son mieux auprès de sa voisine : « Oui, mademoiselle, on dira plus tard devant votre portrait : quelle idée eut donc le peintre en donnant à cette jeune femme des yeux aussi grands? » Un peu plus loin, Albert Saint-Vaille, ayant effleuré de sa main le bras d'une amie, se gantait et jurait de ne plus rien toucher avec cette main-là. Tof, assis entre madame Monti et madame Zetchkine, assurait à celle-ci qu'elle serait décorée au printemps par le gouvernement de la République pour avoir orné Paris pendant une saison. Plus loin encore, Jean-Paul Ailly, affolé par du champagne, complimentait l'une des petites Ennison sur sa bonne mine, et Maurice de Salisbot lui-même confiait ses peines à madame Hardley.

Matilda pensa que l'amour, comme l'occasion, doit s'attraper au vol, que toutes ces femmes ne se gênaient guère et que pourtant leurs attentifs étaient moins épris que son page ; et puisqu'elle partait irrévocablement pour Florence... En wagon, il serait temps de réfléchir.

Aussi lui dit-elle tout bas : « A cinq heures. »

X

DIFFICULTÉS

On compose des cérémoniaux, des manuels de civilité, on fixe des protocoles, mais personne ne s'occupe de la toilette des jeunes filles. Il y a pourtant des cas très difficiles : comment s'habiller, par exemple, pour recevoir un jeune homme en tête à tête? Vous n'y aviez pas songé? Parce que, dites-vous, cela ne se fait pas, ou qu'une telle visite est du moins fort inconvenante. On ne traite pas, dans un livre sur les bonnes manières, des circonstances où toute manière devient

un raffinement d'hypocrisie ou de perversion.

C'est cependant à la limite des choses permises et défendues que les femmes hésitent; il faudrait alors ne leur ménager les exemples ni les conseils, afin qu'elles ne perdissent rien de leur grâce. Et qu'on ne croie pas devenir ainsi un complice, mais au contraire l'ami de la dernière heure, celui qui arrive, tout espoir perdu, pour sauver encore quelque chose à quoi l'on ne pensait pas.

Faute d'un tel ami, Matilda réfléchissait, bien perplexe, dans sa chambre. Le sort en était jeté : elle avait dit à madame Monti que la migraine l'empêcherait de sortir cette après-midi. Lucien allait venir, et Matilda ne savait pas décidément si elle mettrait son peignoir blanc à dentelles, ou bien une robe quelconque du matin très simple, ou bien une autre qui prouverait qu'elle attendait cérémonieusement pour prendre le thé.

Elle aurait dû s'interroger aussi sur les remords. Car enfin, malgré la fidélité de Lucien, sa vive, volontaire parole et la sincérité de ses yeux, elle le connaissait à peine et certes ne se sentait pas en le voyant la bonne confiance d'une promise pour son fiancé. Mais il avait la séduction d'un pantin qu'une florentine pourra toujours trouver tout à fait au Paradis des grands enfants, c'est-à-dire à Paris. Elle l'eût volontiers envoyé par delà les Alpes dans un carton bleu noué d'une faveur rose, pour l'anniversaire d'Agnese ou la fête de Mabel Giannone. Ou plutôt, non! c'était son page, et elle l'aimait, pourquoi donc pas?

Entrer dans un salon où il se trouvait, lui donnait un léger frisson... Matilda regarda l'atrium du Grand-Hôtel à travers les rideaux de sa fenêtre : cinq cents personnes, ayant bien déjeuné, y bavardaient en des idiomes variés, tandis que des essaims de figurants sortaient à chaque instant par maintes portes. Le jet d'eau s'essoufflait d'une façon comique. Et la jeune fille songea qu'il ne manquait à ce tableau qu'une lumière plus gaie pour

La chute de Lucien.

qu'il devînt le décor d'une fête. D'ailleurs des lunes éblouissantes et des fleurs de feu seraient allumées partout vers la fin du jour, et les boutiques de cette cour sillonnée en tous sens par les uns et les autres allaient étinceler. Vraiment, on vivait là deux minutes pour une : le plaisant lieu, et que Lucien y aurait bonne grâce, tout à l'heure !

Il allait sans doute se hâter, comme il faisait toujours, et traverser la cour de son pas alerte en marmottant quelque chose entre ses dents. Car il avait cette manie, le page, et c'était une manie d'homme nerveux, passionné, qui chérit sincèrement ses projets et ses pensées... Matilda se souvint alors d'une maxime que répétait toujours ce poseur de Jenkins : « Quand une femme devient amoureuse de moi, elle commence à trouver très élégant que je sois comte du Pape... »

Allons, à quoi bon disputer? Matilda se couvrira de dentelles et recevra Lucien comme un amant.

Ah, grand Dieu ! si elles la voyaient en ce moment, ses amies de là-bas, Mabel et Agnèse et tant d'autres? Que penseraient-elles d'un sigisbée si peu important, et comment pardonner à Matilda qui refusa des mariages sonores et nobles, de s'être venue jeter entre les bras d'un demi-jockey? Non, pas de sottise, Matilda s'habillera convenablement tout entière. Peut-être, d'ailleurs, Lucien est-il sorti de chez lui en triomphateur et avec insolence : il faut mettre une robe déconcertante, en velours.

Encore que son page ne l'ait point habituée à de telles façons, car s'il savait désirer ardemment, du moins n'avait-il nulle grossièreté dans ses paroles, même pas au fond de ses yeux bleus. Le regard qu'il promenait sur les choses et les êtres brillait, n'insistait point, et son éclat ne se voilait guère. Et puis fallait-il donc agir en hypocrite pour la dernière fois peut-être qu'elle le voyait, dans cette chambre dont les coins se noyaient déjà dans la pénombre? Le ciel s'obscurcissait comme s'il tombait de la brume ou de la pluie, et ils se diraient là, tous deux blottis l'un près de l'autre, de mélancoliques mots d'adieu. Bah, tant pis ! Mais que Lucien n'aille pas s'imaginer au moins qu'elle avait prémédité de se donner à lui comme une esclave, comme une courtisane...

Bref, elle se résolut à une tenue intermédiaire. La jupe fut d'un drap ténu qui s'appuyait aux jambes et les entourait à demi. Sur ses bras ronds, sur son épaule de satin, elle posa la plus mince chemisette que trois perles tinrent close entre les seins. Ayant la migraine, souvenons-nous-en, elle n'avait point mis l'étroit étui qu'elle nommait une ceinture. Il fallait encore une veste, qui fût de même étoffe que la jupe. Que fût-il advenu

****

des scrupules de la jeune fille si, ouvrant cette veste, elle s'était aperçue que la batiste de la chemisette était trop fine? Mais tout bien fermé, rien de plus décent.

Cependant, on frappe à la porte. La servante apporte une carte, sa carte. Matilda fait ranger à la hâte quelques rubans qui sont restés là, une boîte, un mouchoir. Elle voudrait que l'on enfermât aussi dans les tiroirs les parfums délicats qui flottent dans l'air et conteront sur elle au visiteur plus d'un secret. Le silence de l'hôtel, aussi, l'ennuie : tout le monde en est donc sorti? Il est vrai, le milieu de l'après-midi approche... On ne rentrera que dans deux heures au moins...

« — Vous ferez monter du thé, deux tasses. Avec de la crème battue, n'est-ce pas... Allez. Vous pouvez faire entrer... »

Lucien ne se présenta ni en glorieux, ni en collégien, mais il la prit tout de suite dans ses bras, sans prononcer une parole, et l'embrassa comme un homme qui sait le prix du temps et le prix des caresses, comme un pauvre garçon qui va peut-être pleurer demain et prend d'un coup autant d'amour à son amie qu'elle lui en peut donner.

Et s'il ne connut point ce jour-là tout le bonheur possible, c'est qu'il y a certaines voluptés qui deviennent odieuses lorsqu'on les goûte avec précipitation, et certaines audaces que l'on n'ose pas lorsqu'un incident ridicule peut arriver.

XI

PARTEZ AVEC NOUS

L'oncle Guido était un homme joyeux, à moustache ébouriffée de père Noël, à la parole intarissable. Il gesticulait comme un mime, avec une telle envie de plaire à ses interlocuteurs que ceux-ci, entraînés par son exemple, devenaient bientôt aimables

et persuasifs à leur tour. Affiné par l'amour des femmes et de son adorable pays, l'oncle Guido avait de l'esprit.

Dès qu'il lui eut été présenté, Lucien sur le conseil de Tof, lui fit cent politesses, dont la moins discrète, mais la plus goûtée certes, fut d'affirmer que hors l'Italie, point de salut !

« — La noble parole! s'écria l'oncle enthousiasmé. Vous comprenez, monsieur, j'en suis sûr, que tout homme bien né ait deux maîtresses : la sienne, d'abord ; puis ma patrie. » Et il discourut longtemps, avec une joie puérile, des affaires ultramontaines, du pape, des nobles, de Florence, et des soldats à plumes qu'il ne pouvait voir passer sans pleurer, en songeant qu'ils protégeaient tant de beauté. Il semblait ne connaître, là-bas, que des princesses et des fées, et contait des histoires d'amour où figuraient maints cardinaux. Et ceci avait eu lieu sur un lac, cette autre chose en gondole, dans un palais, sous les arcades légères d'un campo santo, près d'un temple ruiné...

« — Mais pourquoi rester ici, monsieur Lorédan ; je conviens que les paysages français ont de la douceur ; il y a des marronniers, arbres sensibles et délicats qui se mettent en boule comme des moineaux, dès que le vent souffle. Oui, mais il pleut souvent, tandis que notre Toscane luit au soleil ! La Lombardie scintille sous un réseau de ruisselets. Vous ne soupçonnez point cela. »

L'éloquence l'entraînait. Il devint plus patriote encore que naguère, trouvant merveilleux, maintenant, que Lucien ignorât encore l'Italie : une faveur des dieux !

« — Car ne la connaître qu'un peu tard, c'est véritablement se fiancer avec elle, voyez-vous... »

Puis, il prit Lucien par les épaules : « Je vous le dis, quand vous reviendrez, vous vous croirez en exil... Mais n'allez point le dimanche à Gênes : les cloches y sonnent à l'électricité, et comme pour éloigner les gens des églises où l'on aurait parqué des lépreux...

Tenez, savez-vous ce qu'il faut faire : partez avec nous ! »

Lucien écoutait joyeusement l'oncle Guido. Pourtant ce n'étaient ni des lacs luisants, ni des montagnes sonores, ni des palais baignés par la mer où navigua Ulysse, ni même des villes dorées à campaniles roses qu'évoquait le page — mais le souvenir d'une chair veloutée... Après une longue journée, il sentait encore cette douceur contre ses lèvres. Or, il vit tout à coup se préciser son rêve : suivre Matilda, découvrir chaque jour en elle un parfum plus exquis, une grâce nouvelle. Aussi bien, il y avait entre eux une chaîne de caresses, du moins le croyait-il. Nous nous persuadons qu'on nous aime toujours, du moment qu'on nous a donné des baisers. Lucien espérait depuis la veille que son amie ne lui serait pas enlevée, et ne songeait déjà qu'à ne plus la quitter, quand l'oncle Guido s'écria : « Partez avec nous ! »

Mais Lucien n'avait pas d'argent : il courut chez son vieux cousin Damet du Val. Pourquoi ce cher maniaque refuserait-il de prêter la somme nécessaire à voyager en un pays où l'on peut voir d'admirables émaux ? Jamais encore Lucien n'avait eu recours à lui, et, en ne le contrariant pas... Il prétendait en effet que l'abbaye de Fécamp, sa ville natale, fut le berceau des arts, et qu'en aucun temps, mordieu ! les Français n'avaient subi d'influences étrangères. Chacun sait que les érudits de tous les pays affirment que leur propre patrie ne dut rien aux voisins, ce dont ils découvrent à chaque instant la preuve avec une élégante virtuosité.

« — Mon bon cousin, dit Lucien dès qu'il fut entré, je sais quelle est la plus belle orfèvrerie : c'est la Sainte-Foy de Conques, une idole d'or barbare aux yeux d'émail blanc et bleu qui, dès l'entrée, vous attirent et vous scrutent — une œuvre française ! Mais vous parlez bien souvent de Saint-Ambroise, à Milan, et de la Pala d'Oro, à Venise. J'ai la nostalgie de ces lointaines Lusiades.

— Un beau livre que les Lusiades ! répondit Damet du Val. On y voit le radieux palais du Samorin et ses portes fameuses : sur l'une d'elles, toute une armée mourant de soif est sculptée, qui dessèche un fleuve en s'y désaltérant, tandis que son chef, jeune et voluptueuse reine, s'appuie contre un coursier splendide qu'elle aime impudiquement...

— Il y a de l'amour aussi dans mon cas.

— Tu suis une femme en Italie, gamin ?

— Je la suivrais... mais... »

Bref le bonhomme finit par donner de beaux billets à son petit cousin, en jurant, pour la forme, qu'il les lui retiendrait sur son testament. Lucien, tout ému, entendit en souriant le vieillard l'exhorter longuement et disserter encore jusque dans l'escalier : « Au revoir... En somme n'emporte qu'un de Brosses, un Burckhardt et un Stendhal : ces trois livres suffisent pour méditer, apprendre et s'émouvoir dans une première course en Italie... Allons, bon voyage, et regarde bien les figurines : sur les cous, les épaules, les genoux, les mains, il y a des tons que seul l'émail nous révèle précisément. Bon voyage, petit. »

Il n'y avait plus alors que madame Lorédan à consoler : Lucien fit de son mieux. A l'aide du gros Tof, qui devait être aussi du cortège et vint ce soir-là, il y parvint ; la voix paisible du poète rassura la mère pessimiste sur les dangers que courrait au loin son enfant prodigue.

Puis, le lendemain matin, Lucien s'en fut vendre — ingrat ! — l'élégante et douce Liliane. Il avait de l'argent, il aimait Matilda, il était prêt.

XII

DE PARIS A FLORENCE

Mesdames Monti arrivèrent en fastueux équipage à la gare de Lyon : chacune d'elles avait un cavalier servant et Guido Monti pour majordome.

D'ailleurs, elles s'entendaient comme larrons en gare, excellant à occuper un wagon tout entier avec leurs sacs et des couvertures. Il arriva même qu'elles échangèrent quelques mots d'italien pendant cette manœuvre. Or, c'étaient les premiers qu'elles prononçaient devant Lucien. L'innovation ne lui plut pas. Quoi donc ! des précautions, un mystère?

Pensifs et troublés tant que le train courut dans la nuit à travers la banlieue, nos voyageurs commencèrent à chercher une position commode, dès que les maisons noires et les fenêtres éclairées s'espacèrent peu à peu. Tof se mit à rêver, les autres à dormir. Et le rêveur s'endormit à son tour quand aucune clarté ne troubla plus la lumière de la lune sur les champs.

Lorsque revint le jour, un pays aux collines vertes leur apparut, où l'on a mis à paître des petites vaches entre des maisons de bois. Puis, on vit de l'eau fraîche, des canaux, Lucerne, et bientôt les Alpes effrayantes où l'on roule par monts et par vaux, à travers les grands pics poudrés à frimas et parés de cascades en mousseline de soie.

A Lugano, Tof conta qu'en son premier voyage, des mendiants lui avaient souri sans lui demander l'aumône ; qu'un beau paysan avec de l'or aux oreilles, et qui conduisait des bœufs, avait arrêté ses bêtes afin de le laisser courtoisement passer ; que des fiacres couraient au galop ; que des chanteuses erraient le soir, et qu'on passait doucement la nuit au bord du lac précieux soigneusement couvert de brouillards jusqu'au matin, afin que rien n'en pût souiller ni ternir la glace. Mais le train s'arrêta quelques instants, et repartit, impitoyable, en côtoyant l'eau lumineuse et palpitante à cette heure, et l'approchant si près que les roues brûlantes paraissaient devoir y toucher.

Pourtant Matilda était soucieuse, et par conséquent, Lucien triste et inquiet. Elle semblait prendre plaisir à gâter l'émotion que toutes ces contrées nouvelles donnaient à celui-ci. Quand ils furent en Lombardie : « Voyez ! le feuillage naissant est comme en verre, en verre fragile », s'écriait tendrement l'oncle Guido. Puis il montrait les ruisseaux dirigés entre les herbes et les guirlandes aériennes qui s'enroulaient partout. Et ce fut l'instant que Matilda choisit pour dire tout bas à Lucien : « Comment jugez-vous, mon cher, un écervelé qui accompagne une amie en voyage sans songer qu'il la compromet, sans lui en demander même la permission? »

Elle était donc froissée comme une pimbêche? Ou bien, elle avait des remords... Hélas, que penser de la tendresse et de la voix des femmes : autant en emporte le vent.

L'arrivée à Milan, où l'on devait passer la nuit, fut encore une déception. Sur la foi de Stendhal, cette ville était, pour Lucien, un séjour habité par la société la plus bonhomme et la plus occupée de frivolités qu'il y eût au monde ; il ne pensait pas y rencontrer autre chose que des jeunes gens en tilbury, courant pour les affaires de leurs maîtresses entre le dôme, le corso et des palais. Le grand bruit des faquins et des cochers le surprit comme une inconvenance, et quand il s'en ouvrit à Matilda, celle-ci le choqua par un air de décence et de respect humain qu'il ne lui connaissait pas.

Le voyage l'avait peut-être lassée, agacée. Lucien n'insista point, regarda le pavé de la ville qui jadis émerveillait tellement Stendhal ; il reconnut des rues larges, des palais roses, gris, jaunes, de l'animation, et des calèches qui dataient aussi du temps de M. de Stendhal.

On s'en fut à l'hôtel, puis au Dôme qui pousse éperdument son immense dos d'âne, puis à la promenade de Milan où l'on voit d'assez méchantes toilettes. Enfin, le soir tombant, ils marchaient tous quatre, Mme Monti et Tof, Matilda et Lucien, le long d'un canal dormant contre les pierres décrépies de quelques terrasses. En quelque lieu que le soir tombe, tout s'attendrit et la douceur des choses apparaît mieux. Le page sentit que l'air tiède se glissait jusque dans son cœur comme une caresse à demi-chaste, qui en veut d'autres. Il s'arrêta, ne bougea plus, s'écouta vivre: Matilda eut froid. Peste soit de la sotte !

Le lendemain, on se remit en route vers midi.

En vain Lucien, levé dès l'aube, s'était allé perdre sur le toit de la cathédrale, puis devant l'auguste Cène du Vinci, œuvre divine qui agonise. Un chagrin confus et délicat l'opprimait. Il sentait qu'il aurait dû laisser un regret au cœur de Matilda, mais qu'en la suivant, il avait tout gâté. Elle ne lui pardonnerait peut-être pas son imprudence, et d'ailleurs elle était changée, hostile, craignant davantage, certes, l'opinion de ses compatriotes que celle des Parisiens. On peut à Paris aimer gaîment son page, qui devient, la frontière franchie, M. Lorédan, un étranger.

Le train toucha Florence au crépuscule. Le retour de Mme Monti, de Guido, de Matilda devait être un événement considérable dans la ville, car il y avait un bataillon d'amis intimes à la gare. Tof les connaissait presque tous et toutes, et l'on s'embrassa, on se serra les mains, on s'interrogea fébrilement, en anglais, en français, en toscan. Cela fit tumulte, on oublia Lucien. Il se trouva tout seul, et triste comme un moineau dans une volière d'oiseaux des îles.

Il entendit seulement qu'un très joli officier en manteau gris perle complimentait Matilda :

« Je voudrais, mademoiselle, que tous mes camarades me vissent en ce moment, car le plaisir de vous saluer devient un nouvel honneur pour l'uniforme que je porte. » Et cela fut dit en français, par galanterie, avec une vanité si gracieuse, si pimpante et si douce que jamais Lucien n'en avait remarquée de telle dans les Gaules.

XIII

MATILDA PASSE EN VOITURE

Tof et Lucien allèrent loger au Savoy-Hôtel, sur la place Victor-Emmanuel. Le temps qu'il leur fallut pour choisir deux chambres, y faire placer leurs malles, en tirer des vêtements frais, une longue heure de retard et d'apprêts fut cause qu'ils durent dîner en tête à tête, au restaurant, et non dans la salle commune.

Leurs chambres se touchaient. Cette cohabitation, les repas pris en commun, tout devait les unir mieux qu'auparavant. Un jour viendrait certainement où l'âme de Tof paraîtrait à Lucien moins ironique et moins noble, plus humaine enfin ; et le jour était depuis longtemps venu que l'amour de Lucien ne fut plus un secret pour Tof. Ce qu'en pensait celui-ci, qui sait? — mais s'il regrettait peut-être que l'on s'obstinât et que l'on ne sourît plus assez dans l'aventure, du moins devait-il être favorable à la grâce, à la tendresse, comme à toute chose sur quoi l'on peut composer un poème ou faire une chanson.

La bienveillance de Tof était infinie. Il avait sans doute séduit autrefois Mme Monti par des vers et de la musique, la douceur de son regard et de sa voix, et restait fidèle à son ancienne amie ainsi qu'un narquois et débonnaire roi de Thulé, dont on sait par la légende les constantes amours.

Mais une telle langueur attristait parfois ses yeux que Lucien se demandait s'il ne souffrait pas de quelque peine inconnue.

« — J'admire votre patience et votre bonté, mon cher Tof, lui dit-il. Vous êtes indulgent à toutes les femmes. Moi, je ne saurais. Je vous ai vu maintes fois rire aux boutades de Matilda. Or, pour quelques mots pénibles qu'elle m'a dits pendant ce voyage, me voici exaspéré.

— C'est que vous l'aimez.

toirs, point : bêtes et gens se mêlaient, et les voitures passaient à travers les groupes sans écraser personne. Au lieu de gros pavés ou d'un bitume boueux, des dalles unies comme un tapis de pierre. Il était doux de sortir, aisé de marcher. Lucien suivit une direction, une autre, une troisième. Il errait sans doute en une ville antique conservée par miracle, et chercha le Forum. Il rencontra des églises, des maisons peintes de couleurs douces, et des forteresses du moyen âge : mais la grand'porte ouverte de celles-ci révélait un atrium délicat.

Lucien allait, allait, ainsi que dans un décor de kermesse : il voyait des pierres et n'en pouvait croire ses yeux. Quoi ! mais, tout cela, ce n'est qu'une cité d'émail, bonne pour la collection du cousin Damet du Val, une pièce montée, comme on en fit à Nuremberg, et tout à l'heure, à midi, cela va se déclancher, tourner, évoluer, sonner douze coups : précisément, voilà les cloches, de nouveau, les chères cloches, graves et tendres....

A ce moment, Lucien arrivait sur une place : il crut y avoir le vertige. Un château-fort, tout mordoré par les ans, la garde, et tant de façades s'y jouent, tant de statues s'y dressent, tant de bronze, tant de marbre, des œuvres si précieuses entassées sous un écrin de pierre, tant de flâneurs et tant de soleil, et des pigeons, et des femmes... Cela sentait bon et cela brillait. Notre Lucien marchait en riant : « Que c'est doux ! que c'est beau ! » faisait-il à haute voix. Croirait-on qu'il fut presque heureux de voir un gendarme de mardi-gras et des fiacres de carême parmi les statues vertes et blanches qui font là leur geste immortel ? Décidément, c'était une vraie ville. Il eût voulu crier de joie tant se gonflait son jeune cœur !

Il gravit les marches de la Loggia. Un campanile couleur de chair rougissait gaîment par delà quelques toits. Une petite voiture attelée d'un poney déboucha d'une rue : c'était Matilda qui la conduisait. Plus noir que l'enfer, le poney roulait des yeux terribles et frappa d'un pied colère le sol de la place. La jeune fille allait passer en regardant à peine, quand Lucien courut vers elle. Il l'aimait ! tout l'émoi de cette matinée le grisait, et sa gorge serrée ne lui permit point d'appeler : il salua.

Matilda l'aperçut et, sans ralentir, lui répondit d'un sourire élégant. Nul n'y eût trouvé quelque chose à reprendre : ni intimité, ni sécheresse, un sourire parfait ! Lucien en eut le cœur déchiré.

Toute sa joie fut gâtée. Il revint tristement vers l'hôtel : les toitures en auvent des maisons donnaient en vain une ombre légère aux passants, en vain des statues encore se trouvèrent sur sa route, et des enfants lui souhaitèrent en vain la bienvenue.

Pendant le déjeuner, Tof se montra très touché de la mésaventure de son ami. Il semblait qu'en ce jour elle l'atteignît aussi. De part et d'autre d'une petite table, ils échangèrent des propos mélancoliquement indifférents. Tof parla de la société florentine : « Sous les grands-ducs, disait-il, on y

Matilda passe en voiture.

vécut mollement occupé d'académies, de petits vers et de vanité artistique. Le général Murat y joua les princes de féerie au palais Corsini. Théophile Gautier y a vu des dandies et des femmes à la mode, Paul de Musset du bonheur et des sérénades, Goncourt des équipages surannés et des bals de la cour un peu ridicules. Vous verrez les Cascines, où l'on se rend avant dîner comme on dut se rendre autour du lac, à Paris, sous l'impératrice Eugénie : il n'y manque que Cora Pearl. On y cause au rond-point, de calèche à calèche. On cause encore chez Giacosa, nous irons... »

XIV

GIACOSA

Ils s'en furent donc chez Giacosa. C'est une pâtisserie assez petite, située dans la rue Tornabuoni, en face du palais Strozzi. On s'y arrête pour prendre le thé en allant aux Cascines, et l'on ne peut rien imaginer de plus distingué, car des représentants de toutes les puissances y venant goûter, chacun d'eux, par sa douceur à remuer tasse, soucoupe et cuiller, comme par sa délicatesse à manier les gâteaux, tient à honneur de faire valoir les bonnes manières de son pays. Et je ne crois pas que dans aucun lieu du monde, il soit donné d'entendre les langues européennes parlées avec plus de grâce et de pureté, puisque chacun pense à charmer son voisin.

Par les beaux jours de printemps, les voitures encombrent la rue étroite dominée par l'immense palais, et les oisifs de Florence viennent flâner là, riant et raillant, insolents comme on n'ose l'être qu'en Italie, lorgnant les femmes à la manière de Brummel et de Rolla.

La première personne que Tof et Lucien aperçurent, fut le lieutenant qui avait complimenté Matilda, lors de l'arrivée à la gare. Les yeux mi-clos et la cigarette aux lèvres, il fit un délicieux sourire d'accueil à Tof, encore qu'il dût en secret reprocher à celui-ci sa négligence et son embonpoint fâcheux : mais il est de bon ton d'honorer les poètes, à Florence, et l'amant de Mme Monti avait bien droit de cité. Tof présenta Lucien, et notre lieutenant, qui se nommait Luigi Mazzonetta, sourit encore une fois.

Ce Mazzonetta était un fat. Faire, après cela, le portrait d'un officier italien, c'est peine perdue, car ils ont parfois cet air de famille, et la vanité des plus beaux veut qu'ils se ressemblent alors comme des frères. Qui en vit un, connaît les autres. Leur uniforme, en outre, comporte un long manteau gris perle irrésistible.

« Est-ce que madame Monti va venir? » demanda Mazzonetta du ton qu'il eût dit : « Votre femme se porte bien? » Lucien n'entendant pas l'italien, ne comprit que les mots « la signora Monti ». La jalousie le saisit. Quand le lieutenant eut ajouté une phrase encore, dans laquelle il prononça complaisamment le nom de Matilda, Lucien lui coupa nerveusement la parole : « Allons, Tof, je meurs de faim, fit-il ; entrons-nous? »

Ils s'assirent à une table, dans le tout petit salon où l'on goûte, et là, au milieu du murmure discret, Tof dut traduire à Lucien la phrase de Mazzonetta :

« Eh bien, il m'a dit que Matilda était une enchanteresse. Je lui eusse répondu, si vous m'en aviez laissé le temps, que les teutons seuls peuvent parler ainsi des femmes qui les ont séduits, car au pays des ondines, des génies et du roi des aulnes, « enchanteresse » doit paraître un bon compliment. Les teutons, voyez-vous, se rappellent longtemps les contes de leurs nourrices, que celles-ci leur psalmodièrent près d'un poêle bien chaud, tandis qu'au dehors il neigeait, et dans ce langage allemand, fait exprès pour endormir les enfants, tout gras et rembourré, solide et douillet comme une belle saucisse. Mais un homme de race latine doit employer une épithète plus précise, et donc plus belle, pour qualifier la jeune fille qui passe et lui plaît. »

Lucien rougit : « Qui lui plaît ! Ah ! certes, je le sais, je le sais bien... Ne prenez pas la peine de me le redire. » Puis, tout à coup serrant le bras de Tof : « D'ailleurs, elle ne lui en garde pas rancune, voyez ! » Dans la rue, s'était arrêtée une voiture à deux chevaux d'où descendait déjà Mme Monti ; Matilda se levait à son tour, et le lieutenant, ayant jeté bien vite sa cigarette, offrait à la jeune fille, afin qu'elle arrivât sans risque jusqu'au sol, l'appui de sa main gantée. Matilda le remerciait, se penchait, et son corsage s'effilait vers la taille comme un frêle pied d'amphore. A vrai dire, son page l'aimait autrement et mille fois davantage, en cette minute, que le Mazzonetta.

Mais tandis que le premier songeait : « Je l'ai tenue dans mes bras, et j'ai baisé ses longs yeux et ses lèvres ; je sais l'arome de son visage, et connais le bruit furtif que fait son cœur lorsqu'il bat », le second murmurait sans doute un nouveau madrigal, à la hussarde, ou disait : « Je donnerais ma vie pour un regret de vous, ô Matilda. » Il ne la fit point longtemps sourire seul, d'ailleurs, car elle attirait les galants comme des papillons, et c'est parmi tout un essaim que les deux femmes entrèrent chez Giacosa, dans un grand fracas de rires et de mots dont, hélas, Lucien ne pouvait encore rien entendre puisque les maudits sots parlaient en italien.

Tof se leva, mais Mme Monti ne souffrit pas qu'il cédât sa place. Le bon roi de Thulé se laissa persuader : que voulait-on, sa vieille amie l'aimait comme au premier jour, il fallait s'y résoudre... Puis l'excellente femme se mit en frais pour Lucien, qu'elle n'avait pas oublié mais dont elle gardait un cher souvenir. Elle voulut que chacun apprît ses mérites, et commença de raconter qu'il aimait les vers et les chevaux, comme Victor Alfieri. Un jeune homme, à tête délicate, répondit qu'il n'y avait point d'autre occu-

pation tolérable pour un homme de goût.

« Si, reprit Mazzonetta : l'amour.

— C'est vrai.

— Et d'ailleurs, parler à celle qu'on aime équivaut à faire des vers, puisqu'on met plus de douceur à lui dire : « Encore du thé ? » ou bien : « Le temps se couvre », qu'il n'en serait dans toute une chanson. »

Lucien les regardait parler : les voyelles simples et musicales sortaient de leurs lèvres comme un chant dans lequel sonnaient les consonnes ainsi que les cordes d'une guitare que l'on frappe. Les mains de ces Italiens ne restaient jamais immobiles et voltigeaient dans l'air, cependant que le page, un peu ridicule et ne pouvant rien dire, voyait Matilda satisfaite parmi les siens : alors, la douleur peu à peu lui gerçait le cœur, et des pensées de vengeance naissaient en lui parce qu'il avait un esprit ardent et actif. Il songeait aux moyens de rendre le mal pour le mal aux florentins qui l'offensaient.

Il fronça même tellement ses sourcils blonds que Tof s'en émut, et s'écria soudain, en français :

« Allons, Mazzonetta, contez-nous quelqu'une de vos histoires de chasse. Vous avez dû franchir de nouveau bien des murs et bien des fossés dans la campagne romaine. Avez-vous encore débusqué le renard dans le tombeau de Cécilia Métella, tandis que les chiens enfonçaient jusqu'au ventre parmi les violettes ?

— J'ai mieux ! mon cher monsieur Tof. Je me suis un jour déchiré la joue jusqu'aux dents contre une branche, et suivis toute une chasse ainsi, guidant mon cheval d'une main, protégeant de l'autre mes lambeaux de joue. La princesse Brughesa s'est évanouie... »

Mme Monti, enchantée de pouvoir enfin faire connaître avantageusement son protégé, attendit que Mazzonetta se fût tu pour dire que M. Lorédan (elle le tenait de source certaine !) avait gagné, lui aussi, une course héroïque, à Auteuil. Sur une bête à demi

*****

si, las de la pluie, le page se tournait, sa peine était distraite par les braves petits hommes peints tout le long du cloître, ces vendangeurs, ces jeunes gens, ces dames qui rencontrent inopinément des cercueils, ou se divertissent si courtoisement dans le dernier verger où l'on cause.

Quand Lucien rentrait ensuite dans Florence : ici, avouait-il, je suis trop près de

de bouder, monsieur le hirsute, venez me voir aujourd'hui, de quatre à six. »

A l'heure exacte qu'on lui fixait, il courut jusqu'au bout de la ville, place d'Azeglio où s'élevait la maison neuve des Monti. Un jardin orne cette place, et la demeure de Matilda apparut au page entre les arbres. Deux colonnes, qui semblaient d'albâtre, et un immense concierge plus barbu que

A la promenade des Cascines.

Matilda pour ne pas l'aimer encore, mais ce n'est rien...

Sans doute l'avait-il fâchée, le jour qu'il se montra si bourru et si brusque chez Giacosa. « Elle est farouche, prenez-y garde ! » lui disait Tof. Que voulait-il donc que fît Lucien ? « Rassurez-la », répétait le poète.

Enfin, la huitaine presque passée, Lucien s'en fut aux Cascines. En l'apercevant dans l'allée des piétons, Matilda ne put s'empêcher de tressaillir ni de lui faire signe. Au rond-point où les victorias s'arrêtent, la jeune fille n'eut que de doux reproches pour son page ; mais dix personnes l'entouraient : que dire de très tendre ainsi ?

Le lendemain, une lettre fut remise à Lucien. Il la lut et relut : « Si vous avez cessé

Tof, en ornaient l'entrée : mais cet homme était mieux vêtu, car il portait une redingote constellée de boutons d'argent qui lui tombait jusqu'aux talons, et un chapeau haut de forme que le cocher du pape même eût envié.

Ayant gravi l'escalier, le cœur battant, Lucien pénétra dans un salon où d'abord il vit des statuettes de toutes les tailles, et des fauteuils, rapprochés autour d'une table à thé, dans lesquels se tenaient Mme Monti et Matilda, puis une troisième femme, toute brune et menue. On accueillit très bien le page, auquel on nomma la marquise Campávera.

Lucien la connaissait bien, c'était Agnese ! Sans doute il eût voulu lui plaire, par égard pour Matilda, mais tandis que les deux amies discouraient gaîment, le page pensait que cette Agnese n'avait point son chapeau et qu'elle se disposait donc à rester bien longtemps? Bah ! Matilda saurait s'arranger, après tout. Il causa. Ici, du moins, on parlait français.

Bientôt : « Mes enfants, je vous quitte », dit madame Monti, tout naturellement et sans autrement s'excuser auprès de la petite marquise. Ce ton surprit Lucien. Mais Agnese ne lui laissa point le temps d'y songer :

« Maintenant, monsieur, racontez-moi Paris, s'il vous plaît. Matilda ne m'a guère écrit, et ses lettres tantôt étaient enthousiastes, tantôt tristes. C'est une — comment dites-vous? — une... indécise, cette Matilda, vous savez, et ses récits s'en ressentent. Alors, moi qui ne connais pas votre ville, je m'y perds. Comment se passe un bal, et toute une journée, le théâtre, le Bois?

— Mais, comme partout... C'est-à-dire que celui dont une amie a tendrement serré la main au bal, se réveille le matin avec de la joie pour tout un jour, trouve délicieux le temps qu'il fait, les gens qu'il voit, et applaudit de tout cœur le drame ou la comédie dans le théâtre où de nouveau brille pour lui, au fond de quelque loge, le regard encore tendre de la même amie.

— Oh, la même...

— La même, madame ! On n'est pas moins sincère à Paris qu'à Florence, et l'homme dont je parle aime sans mensonge, sans faiblesse, sans caprice ! Il aime parce qu'il veut !

— Mais de quel homme parlez-vous donc? »

Lucien se reprit et, souriant : « Parbleu, d'un Parisien.

— Ils passent pour infidèles, cependant.

— Allons donc ! Ce sont les femmes lasses d'être aimées qui répandent ce bruit. Un pauvre garçon s'éprend d'une coquette et, s'il a le bon goût de ne pas trop lui chanter de vieux refrains, de cacher une ou deux fois son dépit ou sa violence, la coquette s'en

fatigue et murmure : C'est du marivaudage. Mais s'il s'obstine : oh, pour le coup, c'est odieux, il n'y a pas de doute ! »

Lucien s'emporta tout à coup, flétrissant l'inconscience, l'étourderie et la légèreté si niaise ! Matilda jouait avec un coussin : Agnese songea soudain que jamais la jeune fille ne lui avait soufflé mot de ce Lucien dans ses lettres, une fois exceptée, en postscriptum. Pourtant, il était venu avec elle... Bien vite, l'adroite marquise détourna la conversation et parla, au hasard, d'Annunzio :

« — J'ai lu sa *Ville Morte*, s'écria Lucien. C'est une aventure passionnée, dans l'Argolide brûlante où des faucons innombrables sillonnent le ciel. On s'y meurt de volupté, mais... Mais on ne doit pas dire des choses semblables ! Croyez-vous que, moi, je n'aie pas fait le rêve de vivre presque seul avec celle que j'adorerais, dans une contrée incendiée par des couchers de soleil, caressée par la mer, ornée de roches, de forêts? Je ne voudrais pas seulement le lui écrire, afin qu'elle ne me soupçonnât point d'exagérer mon amour très vrai, madame, et bien plus humble que tout cela...

— Eh ! nul ne doute de vous... qu'est-ce qui vous prend? fit Matilda. Cette... dame que vous aimez ne se montre sans doute pas à ce point exigeante. Mais si de temps à autre, vous lui faites le sacrifice d'être doux et patient, je pense qu'elle vous en aura de la reconnaissance, car, tel que je vous vois, il y a du diable en vous, ma parole !

— Le diable n'existe pas, dit Agnese.

— Pardon, répliqua Lucien : mon cousin Damet du Val m'a certifié, selon M. Langlois, que son existence était historiquement beaucoup mieux prouvée que celle de Pisistrate. »

Soudain : « Qui parle du diable? » cria une voix. Lucien fut atterré de voir entrer une seconde fâcheuse, qui se jeta au cou d'Agnese et de Matilda, et tournant vers lui sa tête ronde, ajouta :

« — Monsieur, continuez, je vous prie : le diable est de mes amis. ».

Lucien ne continua point, parce qu'il maudissait cette nouvelle pécore. Matilda ne serait-elle donc jamais seule? Celle-ci dut, pour rompre le froid soudain tombé, présenter longuement l'un à l'autre : Mlle Mabel Giannone, dont la beauté consiste en des yeux grands comme des lunettes bleues, en une bouche si bien peinte, en des boucles rousses si semblables à quelque perruque de bébé Jumeau, que toutes les petites filles la prennent pour une poupée ; monsieur Lucien Lorédan...

« — C'est vous que Matilda nomme son page?

— A Paris, c'est une manière de s'exprimer ; cela veut dire au juste que je suis son fou. »

Et la conversation se poursuivit sur maints sujets, confuse et diverse, coupée par les interjections et les feintes naïvetés de Mabel Giannone, et tenue loin de l'amour par l'égoïste Agnese. Elle s'égara même de telle sorte que Lucien, peu à peu, cessa d'y prendre part et se tut. On disputait de jupes et de dentelles et, pour mieux s'entendre, les trois femmes commençaient à laisser passer trop de mots italiens.

Matilda ne se hâtait pas de congédier tout le monde, et de donner enfin à son page tout ce qu'elle lui devait de tendresse et de baisers. Pourquoi ne voudrait-elle plus entendre la voix qu'elle écoutait naguère? Il attendait, anxieux, comme si l'occasion devait naître bientôt de faire sortir d'ici les deux bavardes, les deux importunes...

Mais il attendit en vain, car ce fut bientôt, dans le salon aux statuettes, une théorie de visites : le comte Jenkins y arriva, flegmatique et agaçant, narrant l'histoire d'un jeune homme qu'il avait vu, à San-Francisco, étendu sur une planche, sans os, malléable et mou, de sorte qu'il pouvait réaliser ce que l'on exige d'une belle dentelle, passer à travers un bracelet. Un gars trapu, joyeux

et somptueux, Herbert de Tolpitz, le suivit : celui-là était fort épris de Mabel Giannone, à l'en juger sur la façon dont il ne lui adressa point la parole. Luigi Mazzonetta, naturellement, apporta céans son bel uniforme, son sourire, ses dents, ses cheveux bleus, des vantardises et des flatteries...

Quand le page, enfin, vit paraître Tof lui-même, il n'y tint plus : « Que venez-vous faire ici? dit-il tout bas.

— Eh bien, mais... et vous, mon pauvre Lucien? Ne savez-vous pas que c'est le jour de Matilda? Mme Monti reçoit le samedi. Mais le mardi, de quatre à six, les amis de sa fille ont la permission de venir rendre visite à celle-ci, avant les Cascines... »

XVI

LA VIE QUOTIDIENNE

Lucien comprit qu'il n'était plus qu'un figurant, mais ni sa volonté ni son orgueil ne purent le contraindre à quitter Matilda. Eh oui, elle n'avait d'amour et d'esprit qu'en voyage, à l'étranger, en vacances ; ici, vaniteuse et snob, elle ne songeait qu'à plaire à Tout-Florence. Elle ferait un beau mariage, peut-être avec Mazzonetta lui-même, qui possédait un grand palais, des relations magnifiques et un uniforme dont la splendeur ne pouvait que s'accroître. Sans doute : mais dès que les yeux de Matilda semblaient se souvenir, Lucien décidait qu'il devait rester, étrangement tenace ou étrangement fou.

Car lorsque parfois ils se trouvaient seuls avec Tof et Mme Monti, tous les quatre comme à Paris, il arrivait encore que Matilda frissonnât près de son page, et répondît à ses reproches : « Je vous aime... Je n'oublie rien... Nous nous verrons bientôt. » Le lieu de la promenade était le plus souvent si noir et l'air si doux que toute plainte expirait bientôt sur le bord des lèvres. A Santa-Maria

Parisien sans importance. Les amis des Monti, cependant, Herbert de Tolpitz notamment, et aus.i Mazzonetta, le considéraient pour ses connaissances hippiques ; d'autres admiraient ses vestons. Jenkins voulut bien dire — en anglais — que Monsieur Lorédan valait entre 40 et 50 mille dollars, et qu'il pouvait très bien gagner une dot de ce prix-là. Mais la louange n'allait pas plus loin. Aussi, Lucien n'échangeait-il que de rares propos avec ces messieurs qu'il rencontrait le matin, dans la rue Tornabuoni. Il y guettait Matilda. De petites voitures passaient par là, buggys, tonneaux, charrettes ; enfin, le poney noir débouchait tout à coup, la jeune fille saluait et s'éloignait droite sur son siège, le fouet haut.

Dans la journée, Lucien rendait visite aux vierges sages de Ghirlandajo et aux demi-vierges de Botticelli, par les musées et les églises. On ne prierait pas dans ces églises blanches, même si l'on venait de perdre toute une fortune : elles n'ont pas été construites à cet usage, mais afin que leurs voûtes retombassent délicatement sur les hauts piliers, afin surtout que les hommes d'autrefois peignissent, au fond des chapelles et le long des murs nus, leurs légendes, leur joie, l'image de leur vie charmante, et leurs maîtresses sous les traits des saintes.

Puis il courait à tous les lieux où Matilda devait se trouver, et c'était parfois chez elle, parfois chez ses amies, presque toujours aux Cascines, où elle ne se lassait point d'être admirée au milieu des landaus qui font trois tours et puis s'en vont, des phaétons conduits par ses amoureux, et des fiacres charriant les étrangers. Elle faisait des signes à Mabel Giannone, qu'Herbert de Tolpitz suivait au grand trot, à la marquise Agnese, étendue en sa calèche à huit ressorts timbrée d'un large écu, et se retenait à peine de sourire aussi aux gardes qui cavalcadent dans l'allée. Parfois encore, c'était à Fiesole, à San Miniato : de là, Lucien découvrait toute la Ville des Fleurs parée comme une prin-

cesse ; il l'imaginait peuplée de ces jolis seigneurs que dessina Benozzo Gozzoli au palais Médicis, et qui montent si bien à cheval, chassent, philosophent, font des chansons, des livres, la guerre, l'amour et des combinaisons. Ah ! pourquoi donc, alors, Matilda écoutait-elle précisément les sornettes de Mazzonetta !

Le soir venu, que le page se rendît au palais Campavera, chez Mabel ou les Monti, il lui fallait prendre un parti : il souffrait trop de voir les épaules nues de Matilda convoitées par une insupportable meute, ou bien devait attendre qu'eussent pris fin maints dialogues auxquels il n'entendait rien, ou bien encore se heurtait à quelque oncle Guido qui parlait follement du socialisme, des députés, des colonies, de tout conquérir, et de recommencer les guerres puniques.

Lucien se sauvait, quelquefois avec Tof, et si la lune faisait là-haut sa grimace, tous ses nerfs se tendaient comme des cordes, il pleurait, et Tof avait beau chanter...

Le pire était que le lendemain la pluie tombât. A Florence, la pluie est un cataclysme, une catastrophe, un linceul. Elle glisse sur les bronzes, voile les chefs-d'œuvre, inonde les dalles. Pourtant, dès la deuxième heure, le lâche trouvait que la ville se donnait mieux sous un ciel gris, avec un charme plus intime et pénétrant : il la préférait.

Le dimanche de Pâques arriva, des semaines suivirent, on annonça des fêtes. Lucien était à la torture.

XVII

LA LETTRE

Un jour, poussé à bout, il rédigea ce billet pour Matilda.

« Je vous écris, mal et brièvement, sur un méchant papier que je vais plier et replier. Il faudra que vous soyez seule un instant pour que je vous le donne sans être vu. Peut-être le garderai-je longtemps. Je ne puis vous l'envoyer par la poste : il arriverait en un moment inopportun. Tout me gêne et me peine, Matilda, et vous êtes si singulière, si changée, que le cœur me manque. Je ne connais pas les usages d'ici : quoi que je dise et quoi que je fasse, ne m'en gardez pas rancune, vous savez bien que je suis l'étranger.

« Le moment est venu de m'expliquer bien franchement, afin de ne pas me laisser soupçonner. Oh ! il me semble vous voir vous froncez les sourcils et m'accusez de brusquerie. Mais non ! c'est amour pur, je vous l'affirme, et je désire seulement en finir. Après tout, je suis une espèce d'aventurier. Tant pis pour moi, tant pis pour vous ! — mais j'ai de l'impatience et de la fierté ! m'en blâmez-vous ? Lisez, Matilda.

« Je vous jure que jamais, jamais je n'ai pensé à vous épouser. Il est probable que vous êtes très riche. Or, je vous l'ai dit souvent, ma fortune tiendrait dans ma main close, et ma vie — connaissez-moi bien, Matilda — ma vie me fait honte. En France, je la gagne au jour le jour, sans l'avouer, sans qu'il y paraisse, tantôt à Chantilly, tantôt ailleurs, trafiquant, entraîneur, écuyer, engagé dans vingt affaires. Je suis opiniâtre, et j'arrive où d'autres échouent...

« Mais je ne sais pas souffrir, je n'ai pas appris à souffrir, et maintenant, voyez-vous, je n'en peux plus !

« Vous comprenez que je n'ai presque pas aimé avant de vous avoir connue. Je n'ai pas eu le temps. Sans doute, on m'a fait hésiter quelquefois ; mais, au bout d'une journée, que valait pour ces sottes un jockey gueux comme Job ? Et j'ai tourné la tête dès que l'on s'étonnait de m'entendre parler en homme et non pas comme un postillon. Et puis, surtout, les fleurs de la vie me semblaient belles et innombrables, je les voulais toutes. Quand on lutte sans cesse, on ne souffre pas.

« Mais que je préférerais ne pas me souvenir de tout le passé ! Il m'a fait mal, et le présent me fait plus. Je préférerais, même, ne pas

vivre. Tof me dit que Florence est le paradis terrestre : hélas ! où que j'aille dans votre Toscane, je ne pense qu'à vous, et ne fais rien que renoncer à vous. Hier encore, vous m'avez traîné dans cette Sienne toute rousse : savez-vous ce que je m'en rappelle ? mes larmes de rage devant la fresque où la petite reine de Lusitanie s'unit si paisiblement à l'empereur aux éperons d'or. Et j'ai vu passer devant mes yeux, comme dans la fièvre, une cathédrale fantastique, des palais dont les toits se touchent, des rues allant du ciel à l'enfer, une place en forme de coquillage... Ah ! s'il n'y avait pas eu là ce Mazzonetta ni toute la cohorte des amis intimes ! — mais ils vous suivent partout... Je me cache parfois dans la seule église obscure de votre ville, à Or San Michele ; le tabernacle d'Orcagna y luit dans l'ombre enguirlandé de petits personnages d'albâtre. Voilà mon rôle auprès de vous, n'est-ce pas, Matilda ? Je vous enguirlande, mêlé à d'autres.

« J'eus tort de vous suivre en Italie. Vous me l'avez fait entendre et je l'ai bien compris. Mais, mon Dieu, j'étais joyeux alors, tout me semblait aisé, gracieux, et l'avenir me souriait. Je ne faisais point de projets. Vous m'aviez permis de vivre indolemment et je n'attendais du lendemain qu'un bonheur plus délicat que celui de la veille. Il ne s'agissait que de mieux vous connaître. Enfin, mon amie, n'étiez-vous pas sincère lorsque vous me laissiez baiser vos lèvres ?

« Vous m'avez accueilli presque sans surprise, comme les enfants du parc Monceau ou des Champs-Élysées accueillent un nouvel ami : « Comment t'appelles-tu ? — Lucien. — Bon, tu seras mon page. » Et aussitôt ils se mettent à rire et à jouer. C'est ainsi que nous avons fait, mais vous étiez trop belle. Je me souviens de la première semaine. Je vous suivis partout, plus ému qu'un novice à son premier duel ; et vos grands yeux d'impératrice d'Orient s'ouvraient sans cesse devant mes yeux... Avez-vous oublié ce jour que vous me dîtes : « Peuh, vous vous

Dans le jardin d'un couvent de Toscane.

moquez de moi. » Dans quelle colère je me suis mis ! « Matilda, répondis-je, ce serait d'un roué grossier et d'un bêta ! Nous sommes liés par un caprice, je vous aime pour rien, pour le plaisir, vous ne m'avez rien promis et je ne vous fais pas de serments : que viendrait faire là de la moquerie, s'il vous plaît ? »

« Mais vous preniez des vacances, vous jouiez à l'amour, et, comme cela n'avait pas d'importance, vous vous êtes un jour remise toute entre mes bras, et nous avons palpité cœur contre cœur pendant une après-midi silencieuse. Ce souvenir m'étouffe. Mais cela n'avait décidément aucune importance, et je vous compromets horriblement ici.

« J'ai tant pleuré que je crois mon impudence rachetée, pourtant. Je rêvais de vivre près de vous, et c'était idiot ! Voilà qui est fini. Je suis devenu plus raisonnable. Vous ne me verrez plus, je vais partir. Faut-il que je parte, Matilda ? C'est cela que je voulais vous demander au commencement de cette lettre. Maintenant, c'est dit, j'en suis soulagé. Avez-vous bien lu ceci : dois-je partir, vous laisser ici, pour toujours, avec ces autres ?

« Pardonnez-moi, Matilda, mais il faut me répondre. J'irai au bal chez les Giannone, pour savoir. D'ailleurs, je vous dis adieu d'avance, parce qu'il me semble déjà que vous m'avez répondu. Nous n'avons pas la conscience pure : moi, je vous ai trop aimée, vous pas assez.

« Il m'en a plus coûté d'écrire tout ceci qu'il ne m'en coûte de me taire depuis un mois — ma pauvre petite Matilda.

« Votre
« Lucien. »

XVIII

CHEZ MABEL

« — Enfin, mon enfant, si tu te sens malade, il n'y a qu'à dire au cocher que nous rentrons, c'est très simple. Mais si tu n'as

Enfin, ils parvinrent en un boudoir où deux couples disputaient déjà de jalousie et de tendresse ; un petit lustre y éclairait faiblement les teintes jadis gaies des tapisseries, et Lucien et Matilda s'étant venu placer près de la fenêtre, d'où l'on voyait l'Arno courir sous la lune, mêlèrent leur dialogue aux deux autres murmures.

« ... Vous comprenez, je souffrais trop ! J'ai des remords pour la violence que je vous fais, mais je ne pouvais plus me taire. Alors, n'est-ce pas, il faut que je parte, et vous ne voulez plus de moi ?

— Si !... Comment pensiez-vous que je répondrais à cela, Lucien ? Vous êtes fou. Je vous aimais à Paris, et ici je n'oublie pas les douces heures que nous avons passées. Mais ma vie est plus difficile, puisque je suis entourée d'amis nombreux qui me calomnieraient tout de suite.

— Ils diront...

— N'achevez pas. Ils diront mille choses ; il en est une qu'ils supposeront et proclameront, et qui sera vraie. Je ne rougis pas des baisers que nous nous donnâmes, ni de rien. Seulement...

— Un rendez-vous, Matilda, et je retournerai là-bas emportant de vous un souvenir beau comme vous-même.

— Et pourquoi, si nous ne devons plus nous voir ? Car, où donc, et comment ? Je vous jure que... je ne peux pas... Restez près de moi, mon cher page.

— Est-ce afin que j'assiste à vos noces ?

— Oh, voulez-vous que j'entre au couvent ?

— Non, mais pas ce militaire, Matilda...

— Mazzonetta ?

— Vous méritez mieux qu'un tel fat.

— Lucien, si quelqu'un me parlait de vous ainsi, je lui dirais que cela n'est pas très noble, et il se tairait.

— Je sais devant qui je dois m'incliner. »

Ils se virent alors les larmes aux yeux et se détournèrent ; mais tandis qu'ils contemplaient l'Arno livide, Mabel survint en coup de vent : « Ah, enfin, je te tiens, Matilda... Je voulais te dire... Vous permettez, monsieur Lorédan ? » Et tout bas à l'oreille de son amie : « Mazzonetta m'a confié qu'il voulait te demander en mariage. Peste, ma chère, comme il t'aime, celui-là ! » Puis, s'adressant aux autres couples : « Vous allez bien ? criat-elle. Je vous laisse, excusez-moi. » Et de courir !

Aussitôt, Lucien conçut pour cette poupée fantasque la même aversion qu'il avait eue à Paris contre l'insupportable Olga Zwetchkine, si brouillonne, incongrue, et habile à détruire le bonheur de son prochain. « Que vous a-t-elle donc appris de prodigieux ? Sa vie est-elle bouleversée, ou veutelle bouleverser la vôtre ? » Il ne croyait pas si bien dire... Mais hélas, la comédie était finie, et les intrus arrivèrent en foule dans le boudoir. L'oncle Guido s'avança, parlant à quelqu'un avec éloquence et volubilité, tantôt insidieusement, tantôt tragiquement, agitant la tête et les mains, et dissertant ainsi peut-être des colonies, mais peut-être d'une papillote ou d'un fétu. « Que te voilà belle et gracieuse, ma petite Matilda, s'écriat-il, et qu'il me peine de n'être plus qu'un vieux philosophe ! Je te courtiserais à en perdre l'esprit, et personne au monde ne m'empêcherait de faire cent folies... »

Personne en tous cas n'empêcha qu'il baisât galamment la main de sa jolie nièce, ni qu'on renchérît sur ses louanges ni qu'on entourât si bien la jeune fille que son page se trouva tout à coup loin d'elle, repoussé dans un coin. Le malheureux n'essaya même pas de se raccrocher à son amie qu'on lui arrachait ! Il lui sembla qu'il perdait pied, qu'il se noyait. On dit que les noyés se rappellent en un instant leur vie entière au moment qu'ils meurent, de même peut-être que les cygnes chantent ou que les chênes poussent des cris quand on les coupe : mais la légende est belle et doit être vraie, et c'est ainsi que Lucien crut que tout était fini pour lui, et il regretta puérilement le temps où il jouait aux billes, et ses premiers déboires et ses premières joies, et ce qu'il avait fait de sa jeunesse inutile... A quoi bon? à quoi bon? maintenant qu'à Florence toute sa vie s'écroulait... Tof était son seul ami, et Tof en ce moment causait là-bas avec l'exaspérant Jenkins et le sévère Fioravizzi. Quant à Matilda...

Matilda dansait. Dans la galerie, les chaises avaient été enlevées, et les couples, maintenant, se croisaient selon le rythme des valses. Si la jeune fille avait semblé songeuse aux premiers tours, il n'y paraissait plus, et il fallait qu'elle rencontrât le regard de Lucien pour que revînt sa tristesse envolée. Mais à peine avait-elle fui que déjà renaissait son plaisir, et Mazzonetta excellant à ce jeu, tous deux valsaient comme on patine, sans une faute. L'uniforme et la robe blanche passaient doucement et repassaient, la poitrine nue palpitait contre la tunique, et les paupières s'abaissaient mystérieusement.

On se disputa les faveurs de Matilda, comme on eût fait d'une favorite au palais de Versailles ; d'aucuns obtinrent une danse, d'aucuns une fleur, une parole ou des promesses. Vingt hommes suivaient la jeune fille, d'heure en heure plus rose, plus épanouie, plus lasse, mais si radieuse qu'elle en oublia tout le reste, y compris le page. Celui-ci dansait mal, il se tint coi.

Il eût soupé on ne sait où, et peut-être pas du tout, si la petite marquise Campavera, qui « savait le monde », n'eût pris son bras. Agnese en usa fort bien avec ce jeune homme qu'elle ne connaissait guère cependant, mais dont l'air abattu lui donna pitié. « Allons, monsieur, lui dit-elle, je n'ai point de cavalier : menez-moi souper. » Il pensa pleurer à cette marque de bonté. Et dans la salle à manger, où de petites tables étaient dressées, ce ne fut pas sans une joie secrète qu'il refusa la place que Matilda lui gardait à son côté. Aussi bien le Mazzonetta était-il assis à la droite de la jeune fille, et sa main ornée de bagues admirables jouait prétentieuse-

ment avec un verre. « Le souper me sera plus doux près de vous, madame », fit Lucien en s'adressant à sa menue compagne qui marchait au son des paillettes bruissant sur sa robe.

« Quelle galanterie !... Vous n'aimez donc plus Matilda ? »

Ils s'approchèrent d'une table où se trouvaient déjà l'humaniste Fioravizzi, Jenkins et deux autres femmes. Sans y songer, la petite marquise avait gagné d'un coup toute la confiance du page, et cette seule question : « Ne l'aimez-vous plus? » chantait à ses oreilles comme une cloche lointaine pour un pèlerin meurtri.

« Ah, madame, je l'aime, et je ne l'ai jamais tant aimée... Que vous êtes bonne... Nul ne sait que je l'adore à ce point, vous seule... Je voudrais tout supporter sans me plaindre, mais le découragement m'a pris... Et puis, voyez-les ! Son Mazzonetta se penche vers elle en souriant comme une femme, on dirait qu'il se berce lui-même avec ses paroles. Elle murmure... Mon Dieu, que lui peut-il dire qui la charme ainsi? »

— Eh bien, il lui raconte ses exploits, n'en doutez pas. Et ne doutez pas non plus qu'elle ne l'écoute si bien que parce qu'elle soupe, et que l'heure de la mandoline a sonné depuis longtemps, ce soir. Ma gentille Matilda se donne à l'émotion. Que ne l'épousez-vous, si vous l'aimez? »

La confidente ignorait que Lucien fût un pauvre diable, et n'entendit point malice en ceci. Et le page le comprit, et comprit aussi qu'il était seul, seul... Épouvanté, il se mit à boire, à parler, il s'étourdit et se grisa. La marquise trouva qu'il avait beaucoup d'esprit, les autres l'appelèrent familièrement ; « Très cher monsieur », Jenkins alla jusqu'à rire. Lumières et diamants vacillèrent bientôt devant ses yeux. Fioravizzi déclamait : « En guise de chanson de Malbrouck, les anciens, monsieur, fredonnaient à leurs enfants la légende d'Alexandre le Grand, et, s'ils conservaient la haute,

l'altière, la splendide fable de Marsyas... »
Le comte Jenkins parla français : « Enfin,
quand la lune éclaira tout le paysage, je
tirai une lire de mon porte-monnaie, et dis
à la chanteuse : Tiens, prends, et me donne
un baiser... » Cela devenait stupide.

Tout à coup, la voix perçante de Mabel
s'éleva : « Il fait jour, ouvrez les rideaux ! »

Le crépuscule du matin était né, en effet,
et l'Arno coulait sous un brouillard blanc,
au pied des maisons où sommeillaient encore
les bonnes gens de Florence.

Alors, les convives s'en furent peu à peu.
Il ne demeura que ceux dont la galanterie
ne cessait pas avec la nuit, et ceux qui aiment
à voir jaunir et mourir les lampes. Quand
parut le soleil tout frêle et léger, et que
Matilda se fut approchée d'une fenêtre
ouverte, le beau lieutenant s'y accouda, et
tandis que des lueurs s'allumaient sur sa
tunique, tandis qu'il chantait tout bas quelque madrigal à Matilda, au son — le traître
— d'une guitare qu'il avait su trouver et
dont il jouait en sourdine, notre page, un
peu pris de champagne, mais aussi à bout
de forces et de chagrin, s'endormit dans un
fauteuil.

XIX

CHRONIQUE FLORENTINE

Comme Matilda, selon le mot d'Agnese,
s'était donnée à l'émotion, elle dédaigna
beaucoup ce Lucien Lorédan qui s'assou-
pissait au moment que le soleil se lève, quand
les vitres commencent à étinceler et les
oiseaux à chanter. Fi, l'âme médiocre !
Puis un homme endormi paraît bien sot.
C'était pourtant l'heure matinale où l'on
commence à bousculer les palefreniers dans
tous les haras de France et d'Angleterre :
Lucien lui-même le lui avait appris. Peut-
être d'ailleurs celui-ci ne vivait-il à l'aise
que parmi les entraîneurs, ses pareils : avec
ses cheveux courts et blonds et ses lèvres

nues, il ressemblait tout à fait à un groom.
Mazzonetta au contraire avait ce teint fine-
ment bronzé, ces moustaches de soie bleuâtre,
ces longs cils, et autour du front ces mèches
onduleuses des beaux corsaires dont s'épre-
naient jadis à l'envi les nonnes et les reines.

Matilda remonta dans son coupé comme
dans un carrosse enchanté : il ne l'emme-
nait pourtant que place d'Azeglio, chez
elle, et madame Monti se blottit en l'autre
coin de la voiture ainsi qu'une brave mère
de famille qui va bien volontiers se mettre
au lit, tout à l'heure. Mais la jeune fille était
à demi grisée et ne rêvait que chaises de
poste, enlèvement et sérénades, examinant
un par un les accidents romanesques qui
allaient arriver, les entrevoyant déjà au
fond de sa cervelle, chacun à sa place, rangés,
coordonnés et plus nombreux que les jours
de l'année.

Le coupé roulait à travers les rues claires
et désertes, rues de théâtre où l'on pouvait
espérer à toutes les portes des palais que le
galant Lélio allait sortir, une fleur aux lèvres.
Pas une figure déplaisante ou hostile, pas
un personnage vulgaire qui vous empêchât
d'imaginer d'exquises péripéties dont on
serait l'héroïne gracieuse, indulgente et
adorée.

Et quand Matilda s'étendit enfin volup-
tueusement entre deux draps frais, elle ne
cessa point de faire des conjectures et partit
en murmurant pour le pays des songes véritables. Ceux-ci étant bien plus précis, la
jeune fille ne les raconta jamais à personne.

Elle ne s'éveilla qu'au milieu du jour,
et se sentit si bien en point et si reposée, que
sa première pensée fut qu'elle devait avoir
une mine charmante : en effet, ses yeux
immenses — les yeux chinois de mademoiselle
Monti ainsi que disaient les envieux, luisaient comme du jais à travers quelques
mèches de ses cheveux dont tout un flot
coulant sur une épaule ne suffisait pas à
couvrir le plus beau sein, moulé de telle sorte
qu'il atteignait à l'audace, et d'ailleurs

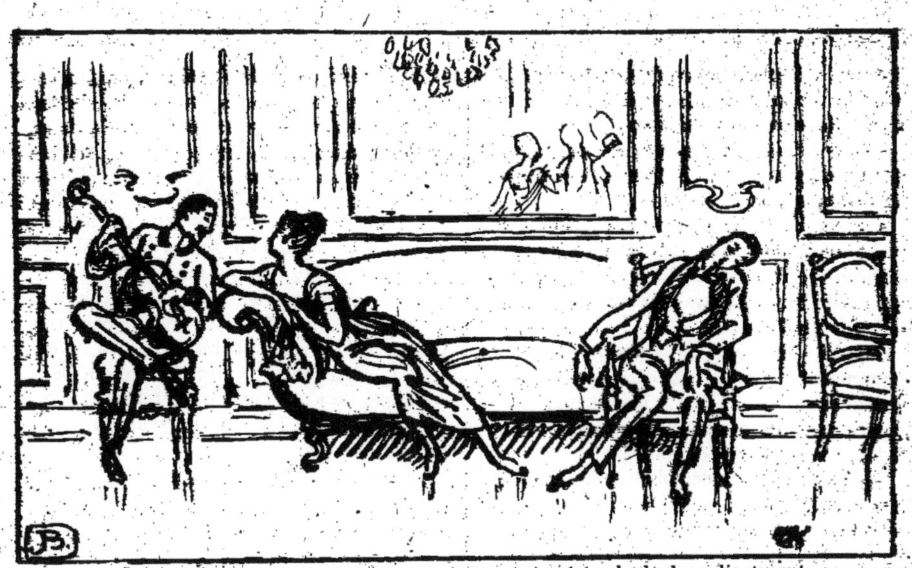

Lucien s'endort dans un fauteuil pendant la sérénade du beau lieutenant.

impudemment mi. Elle reposa son miroir sur la table : « Oui, fit-elle, j'ai une bonne mine. »

Puis en souriant la voici qui fredonne — elle n'eût osé dire cela sérieusement, car elle mentait : « Eh bien, il n'y a rien de changé, rien de changé, depuis hier... Suis-je bête ! »

Soudain : « Parbleu, c'est que j'ai faim. » Et elle sonne.

Mais on n'était pas encore entré qu'elle avouait déjà, et bien plus sincèrement même qu'il n'était besoin : « Il y a que je suis amoureuse de Luigi Mazzonetta, voilà ! »

Aux Cascines, où l'on admira sa physionomie si vive et cet air de fête, elle revit le lieutenant qui salua cent personnes, mais s'en vint droit à sa voiture, au rond-point ; tout ce qu'il voulut bien lui dire la convainquit, la fit rire ou la terrifia, selon les cas. Ainsi, elle apprit, en paraissant trouver cela prodigieusement drôle, que le gros Tof et le sévère Fioravizzi ne s'étaient pas quittés de la nuit ; que celui-ci avait emmené celui-là boire du lait, au bon soleil, dans une ferme des environs, et qu'ils y avaient fait des liba-

tions en l'honneur d'une divinité agreste autour d'un autel de gazon élevé par leurs mains ; que l'humaniste avait fini par convenir que tous les Français n'étaient pas sans lettres, mais civilisés, au contraire, et que leur XVIIe siècle avait eu quelque allure ; que Tof avait achevé la conquête du vieux fanatique en avouant un culte passionné pour Virgile, en lui révélant même qu'il préparait un recueil de poëmes et d'odes intitulé *le Livre d'Achates* ; enfin que les deux amis avaient échoué ensemble, toujours parlant et encore en habit, dans le bar de Giacosa, à onze heures et demie du matin, au grand scandale de la rue Tornabuoni ; et c'est ainsi que Mazzonetta connaissait tous ces détails. Il avait rencontré le poète et l'humaniste à leur sortie du bar, et prétendait qu'ils étaient ivres.

« Ils l'étaient peut-être, fit madame Monti très froissée, mais de lyrisme et d'enthousiasme, monsieur. »

L'incorrigible avait raison. Ces deux hommes s'étaient plu, à la longue, parce qu'ils aimaient la même tradition, la même pureté fût-elle inféconde, et qu'ils haïssaient les beautés obscures : « Le goût du sublime confine à la paresse, disait l'un.

— Se griser, en somme, de métaphysique ou de vin, répondait l'autre, est un plaisir de laquais. »

Cependant ils avaient, en devisant ainsi, passé tout une matinée dans la plus grande exaltation, et il est malheureusement vrai qu'à midi l'un et l'autre en étaient au point où il faut qu'on se couche.

Matilda interrogea Mazzonetta, par pure coquetterie, pour le relever aux yeux de madame Monti : « Bref, lieutenant, que pensez-vous de ces deux originaux ? Sont-ils des sages ou des pédants ?

— Des sages, mademoiselle, qui vivent avec les Muses. Leur âme doit avoir cette beauté des statues antiques, parmi lesquelles il n'y a que les Bacchus, je crois, qui soient parfois un peu dégoûtants et nous ressemblent. »

Mazzonetta répondait à merveille : « Il a tout autant d'esprit que quiconque », pensa Matilda. A la vérité, il n'y a pas un Italien bien élevé qui ne soit capable de parler convenablement des dieux païens, de l'histoire romaine et des héros classiques, et tandis que nos cocardiers exhument Jeanne Hachette, Henri IV et le chevalier d'Assas, les plus farouches patriotes de là-bas s'enorgueillissent au même titre de Germanicus ou de Scipion l'Africain.

Mais tout était bon à Matilda pour mieux goûter Mazzonetta, même alors que celui-ci, saisissant le plus mince prétexte, n'hésitait pas à mentir effrontément en racontant mille anecdotes à son avantage. La jeune fille conquise et soumise l'écoutait avec admiration, et se réjouissait de tout, certaine qu'il l'aimât et voulût l'épouser : Mabel le lui avait dit.

Elle dîna gaîment et fit bon accueil le soir à un billet de Tof qui les priait à goûter le lendemain : ces dames ne se rencontreraient, disait-il, qu'avec le comte Jenkins et Fioravizzi, auquel le poète avait imprudemment promis de lire une partie de son prochain recueil de vers, *le Livre d'Achates*, et il les conviait à cette épreuve. Matilda songea bien que Lucien serait sans doute là aussi, puisqu'il habitait le même hôtel, mais quoi ! elle lui pardonnait de s'être endormi, à ce page, de même qu'elle oubliait son amour passé, non moins que celui de Tof pour madame Monti... Oui, celui-ci passait pour l'amant de sa mère : bah, ce n'était pas déjà si sûr ; après tout, rien ne le prouvait, et il valait mieux rire des vieilles choses que de s'en souvenir tristement... Le temps s'écoule, et les chagrins d'antan sont morts et enterrés.

A leur entrée au Savoy-Hôtel, les Monti furent reçues par Tof lui-même, tout heureux, tout ému, qui leur annonça que le thé se trouvait servi dans ses appartements, par crainte des gêneurs et afin qu'on pût lire à l'aise. « Ses appartements » signifiaient sa chambre, au dernier étage, et celle de Lucien, dans lesquelles ils avaient disposé plus de fleurs qu'il n'en eût fallu pour orner un temple, et tant de gâteaux qu'à les voir seulement on perdait l'appétit. Les fenêtres étaient ouvertes sur le balcon que le soleil venait à peine de quitter pour aller un peu plus loin.

Lucien salua ces dames, puis se retira aussitôt à l'écart. « Oh, mais qu'a-t-il donc ? se dit Matilda. Voilà qu'il boude encore ? Quelle fatigue me donne ce garçon, qu'il est ennuyeux ! »

Là dessus arriva le comte Jenkins, cuirassé dans un gilet pourpre : dès la porte, il se mit à parler lentement, prononçant des choses compliquées en son affreux langage, et portant à la main deux fleurs, lis et pivoine, dont il offrit la première à madame Monti et la seconde à Matilda. « Un gentleman, professa-t-il plus tard, ignore l'âge des femmes dont il a l'honneur d'être connu. Il fallait donc offrir à une vierge la pivoine et le lis virginal à Madame Monti. Un gentleman ne voit pas davantage le charme ou la disgrâce de ses amis : chez moi, je ne présenterais un très joli garçon qu'aux jeunes filles et aux dames les plus laides de mon salon, parce que je les jugerais aussi propres que les belles à éveiller la galanterie d'un homme habitué à plaire. » Chacun, d'ailleurs, eut son cadeau. « Ceci est pour Fioravizzi », fit-il en tirant de son porte-carte un petit carré de parchemin fort ténu sur lequel étaient calligraphiées ces quelques lignes : *L'amitié, comme si elle était en peine d'adjectifs appropriés, change le blâme en éloge, et fait du reproche une louange plus savoureuse.*

Mme Monti s'écria que c'était une phrase charmante et que celui-ci qui l'écrivit avait sans doute un très bon cœur.

« — Je ne sais, madame, répliqua Jenkins. J'ai dit à mon secrétaire de chercher dans un livre de philologie quelques mots qui fissent plaisir à mon ami Fioravizzi. Il a trouvé ceux-ci, paraît-il, dans un Michel Bréal, que je ne lirai de ma vie.

— C'est dommage, monsieur Jenkins.

— Les hommes de mon pays sont les futurs conquérants du monde, et dès maintenant je ne parle qu'américain aux quatre coins de l'univers comme je ne lis que des livres écrits en américain. Nous conserverons cependant vos idiomes latins ainsi que des langues mortes dont j'apprécie les auteurs lyriques, Tof. Aussi vais-je écouter pieusement quand vous lirez votre *Livre d'Achates* et ma sympathie est le cadeau que je vous fais. J'en réserve un également à M. Lorédan, qui séjourne en ce moment sur le balcon, car dès qu'il sera rentré, je mettrai à sa disposition un quart d'heure de mon attention pendant lequel je le prierai de raconter une course de chevaux. »

Le Livre d'Achates était une fantaisie inspirée à Tof par la figure touchante de ce fidèle Achates qui, dans l'Enéide, suit pas à pas le pieux Enée. Tous les professeurs se sont acharnés contre le fidèle Achates : on l'a couvert de ridicule, on a voulu qu'il

n'eût aucune valeur ; on le cite aux élèves comme type d'un caractère nul, et si l'Université l'osait, après l'avoir traité d'ombre vaine et de figurant inutile, elle irait jusqu'aux outrages. Or le fidèle Achates émut notre bon Tof. Et peut-être fut-il un rêveur, en effet, ce guerrier pensif, épris d'une chimère, et suivant le destin de Troie par les mers avec un dévouement d'apôtre ? Homme simple et frappé d'admiration pour son ami, le beau, le brillant Enée, Achates combattit et espéra, pria les dieux, respira les parfums de Carthage, et contempla longtemps les flots bleus, puis violets, puis noirs, tandis qu'il voguait sur la mer éternelle, en quête de prodiges, craignant les Sirènes et comptant les étoiles... Et Tof avait écrit son poème en vers exquis, dont pas une épithète n'était ampoulée, pas un mot ne servait de rien, aucune ironie ne gâtait la douceur.

Il en lut un fragment ou deux, sur la prière de Mme Monti. La voix de Tof était narquoise à l'ordinaire, mais devenait musicale et grave lorsqu'il voulait. Un moment il s'arrêta, les cloches de Florence s'étant éveillées soudain, et voulut attendre qu'elles eussent toutes chanté.

« Est-ce que M. Lorédan n'aime plus la poésie ? demanda Mme Monti d'un air peiné ? Que fait-il donc là-bas ?

— Il connaît déjà tous mes vers, madame, et mieux vaut d'ailleurs écouter les cloches. »

Tel n'était pas l'avis de Mme Monti ni de Jenkins. Mais l'amoureuse Matilda avait un tel besoin de confidence et de trouble qu'elle s'en fut près du solitaire, dans l'espoir qu'il allait lui parler bas et lui parler d'amour. Une femme éprise peut chercher parfois les caresses d'un autre, et cette recherche n'est pas infidèle qui a pour but d'aiguiser un souvenir.

Elle fut bien déçue car Lucien ne s'approcha même pas en la voyant paraître ; et quand elle lui demanda ce que les campaniles lui avaient conté : « Rien rien, répondit-il.

*****

Qu'y a-t-il là de si attachant? Je ne comprends point tout cela ; puis, je ne mérite pas que Matilda ni les campaniles se donnent la peine de me conter quelque chose, et du reste la voix des cloches est un procédé d'émotion très usé : il ne me charme pas davantage que le regard de cette Joconde du Louvre, à laquelle tout homme aura fait au moins une fois l'affront de prêter l'âme de sa maîtresse. J'aime beaucoup mieux regarder ces enfants qui jouent sur la place, voyez donc... »

Une petite estrade de bois, en effet, avait été dressée devant la statue de Victor-Emmanuel, à l'occasion des récentes fêtes de Christophe Colomb, et des gamins se gourmaient tout autour. On les apercevait distinctement, et l'on entendait leurs rires stridents et légers.

Matilda rougit, et Lucien déjà lui demandait pardon, sans vergogne et sans courage, de tout son cœur, lorsque survint enfin Fioravizzi dont les yeux brillaient singulièrement.

« Je me suis fait attendre, dit-il. Mais je vis en venant ici que certains commerçants fermaient boutique. On semble craindre une émeute, en vérité, les passants parlent haut, une rumeur court dans la ville. Depuis si longtemps que les mécontents nous annoncent une révolution, il faudra pourtant bien, un jour, qu'elle arrive. Sur mon passage, un marchand d'allumettes se mit à courir brusquement. « Où vas-tu? » lui criai-je. « Eh, place de la Seigneurie, donc, voir ce qu'on fait ! » Ma foi, je le suivis. Vous savez, messieurs, que le menu peuple toscan se réunit le vendredi place de la Seigneurie, pour le marché. Vous savez aussi que nos petits hommes florentins ressemblent encore trait pour trait à ceux que nous peignirent les Ghirlandajo et les Gozzoli, et même aux légionnaires des bas-reliefs anciens. Or, aujourd'hui, ils étaient tous là et discutaient les affaires du pays, le prix du pain. Il y a cinq siècles, les habitants de la même Florence couraient ainsi sur la même place, disputant des mêmes choses ; soudain, la moitié du peuple combattait pied à pied sans souci de la vie, contre l'autre moitié, — et dans la cité la plus fine et la plus nerveuse du monde chrétien, messieurs, la pensée antique tressaillait déjà... »

L'étrange maniaque ! La Florence de jadis était la seule ville qui trouvât grâce devant ses yeux, après Athènes et Rome. Il affectait d'en parler comme d'une femme, traitant de vapeurs ses convulsions et de migraines ses guerres civiles. Au nom de Dino Compagni, son chroniqueur préféré, il ne put cacher son émotion : « Hélas, le temps n'est plus où de futiles incidents suffisaient à bouleverser la foule encore jeune... Maintenant, la foule a pris de l'âge... »

Mais la voix de l'humaniste fut décidément couverte par le bruit insupportable que les enfants menaient sur la place. On alla voir ce que c'était : au milieu d'un tas de fainéants qui s'en amusaient, n'avaient-ils pas imaginé de jouer à qui ferait le plus grand tapage en sautant sur l'estrade de bois? « Hardi, hardi ! semblaient crier les spectateurs. Tu es mou, noiraud ! Bravo, toi, le freluquet ! Hardi ! » Et les fainéants de rire, et les petits de sauter plus fort !

Pourtant, comme il n'y a point de plaisir qui ne lasse, les spectateurs s'en fussent bientôt allés, si l'un des gamins n'avait conçu le divertissement irrésistible de démolir à coups de pied une balustrade. Quand elle rompit, ce fut du délire : « Bravo, bravo, bravo ! » On vint de tous les coins de la place, la chose en valait la peine.

Alors parut un garde de la ville, magnifique sous son bicorne de gendarme. D'un air sournois et prudent, il essaya d'exhorter un peu les mutins, et de croire que la tempête de sifflets et d'injures dont il fut accueilli n'avait pas la moindre importance. Quelques autres vinrent bientôt à son aide : très graves, ils se redressaient, affectant le calme au milieu de ces forcenés qui ne savaient encore à quoi se résoudre. Une femme furibonde, une pauvresse, les montrait déjà au doigt, en criant : « Eh bien, arrêtez-moi donc ! Me voilà ! Osez donc ! » Et elle se frappait la poitrine et levait frénétiquement les bras. Mais ce ne fut qu'à l'arrivée d'un gros brigadier que tout se gâta. « Eloignez-vous ! » fit celui-ci du geste. A ces mots, on prit soudain parti, et vingt pierres furent lancées contre les représentants de la loi.

Le brigadier tire son revolver et le brandit : « Eloignez-vous ! » A mesure que l'espace s'élargit entre la foule maintenant effroyable et les gardes, ceux-ci voient rouler à leurs pieds des cailloux, des morceaux de fer. « Eloignez-vous ! Eloignez-vous ! » Mais on hurle plus fort, on brise tout. Les gardes visent, et quand une pierre plus grosse s'en vient enfin frapper l'un deux, c'en est fait, un coup de feu retentit, et dix autres aussitôt.

En un clin d'œil, la place fut vide. Les gardes tiraient, tiraient, courant à l'entrée de toutes les rues, s'abritant derrière leurs bras contre une grêle de pierres.

Un cadavre passa sur un brancard, la poitrine rouge et trouée. Un vieux qui n'avait pu s'enfuir fut relevé sanglant aussi. Tout de même, les gardes avaient tiré bien vite.

Dominant toute l'émeute où désormais il y avait des morts, Fioravizzi, fort pâle, ne disait mot. Les femmes, comme hors d'elles-mêmes, se penchaient sur le balcon. Jenkins chantonnait. Sur l'immense place jonchée d'éclats de vitres et de débris, maints groupes se concertaient, messieurs affairés, agents de police en bourgeois, soldats raccolés à la hâte. Les gardes enivrés avaient le revolver encore au poing et le visage tourné vers le peuple, qui vociférait dans les rues. Le gros brigadier s'essuyait le front. Qu'attendait-on ? Matilda tremblait. Tout à coup, elle pousse un cri ! De la troupe arrivait au pas de course, baïonnette au canon, et Mazzonetta conduisait un peloton qui, se glissant le long des magasins fermés, voulut barrer une rue. Furieux et beau

comme un héros, le lieutenant s'avança seul contre les braillards, en parlant éloquemment sans doute, la main nerveuse et crispée, battant l'air. Les pauvres lâches reculèrent devant l'officier. Un seul ayant paru faire le fanfaron, Mazzonetta le saisit de sa main gantée...

« Luigi, Luigi ! » C'était Matilda qui applaudissait au courage du lieutenant.

« Matilda, mon enfant, allons, quittons ce balcon ! Tu es toute tremblante, ma pauvre petite... » Et Mme Monti embrassait éperdument sa fillette en larmes à présent. On obtint qu'elle restât dans sa chambre tant qu'on n'entendrait point de coups de feu.

Il n'y en eut plus. La place fut occupée militairement, les issues barrées, et la soirée finit au bruit des commandements qui sonnaient dans le crépuscule. Par des rues solitaires et calmes, une voiture emmena les Monti chez elles, escortées de Tof, de Jenkins et de Fioravizzi. Tous trois revinrent ensuite dîner à l'Hôtel, où il n'y eut point de musique ce jour-là. Mais tandis qu'au loin s'élevaient des cris de haine et de révolte, les hôtes parlaient avec une animation extraordinaire. En réalité, ils projetaient de faire leurs malles. Le bouchon d'une bouteille d'asti ayant détonné un peu trop fort, tout le monde tressaillit, puis se mit à rire avec affectation.

Après le dîner, on s'en fut voir manœuvrer les soldats innombrables sur la place. Un vieux général entouré d'officiers donnait des ordres pour la nuit.

Et Tof, quand il s'alla coucher, n'osa point entrer dans la chambre de Lucien où celui-ci, n'ayant rien pris et ne dormant pas, sanglotait.

XX

TRISTE RETOUR

Le lendemain, 7 mai, Lucien partit. Il se leva de grand matin, fit sa malle à la diable, chemises par ci, vestons par là, descendit, demanda sa note, et sortit. La pluie tombait, par moments, comme d'un arrosoir doucement incliné sur la Ville des Fleurs, puis relevé.

Sur la place de la Seigneurie, pas un détail des murs ni des statues ne pouvait échapper aux regards, et tout était net sous un ciel gris souris. Lucien s'arrêta devant le Persée de Cellini et haussa les épaules : « Idiot ! De grosses chevilles, un gros ventre, une grosse figure. Aujourd'hui, la beauté s'est perfectionnée : nous jugeons distingué ce qui est svelte, commun, ce qui semble excessif ou prétentieux. Et voilà tout. On n'atteint à de telles formules qu'après des siècles. » Puis il gagna les rives de l'Arno limoneux, qui remplissait alors tout son lit : « Evidemment, les ponts sont délicats et les maisons atteintes d'une belle jaunisse. Mais, pas d'horizon ! Et d'ailleurs, je ne vois là que des grâces de miniature. Il n'y a de finesses véritables que dans les ouvrages énormes, par contraste. »

Lucien philosophait ainsi, avec un grand calme, parce qu'il était semblable à ces hommes nerveux qui tremblent et ne peuvent dormir à la veille d'un duel, mais retrouvent tout leur sang-froid du moment qu'ils ont l'épée en main. Lucien, lui, partait. Il avait commencé de partir, sa malle était bouclée, et maintenant il faisait le brave, le fanfaron, le coquet. Il errait dans les rues encombrées de portails élégants, de héros en marbre, en bronze, de saints, de dieux, de fontaines, de madones et d'enfants sculptés, et ricanait : « Ils sont trop, ils sont trop ! »

Revenu à l'hôtel, il déjeuna, tout seul, but une bouteille de capri blanc qui embaumait, et paya sa note. Alors seulement, il voulut aller serrer la main de Tof ; mais le gros homme était descendu et l'attendait : « Eh bien, voyons, c'est donc irrévocable ? Vous partez ?

— Oui, mon ami.

— Vous n'avez pas eu de patience.

— Si, beaucoup. Mais je n'en peux plus.

— Vous savez que Matilda est capricieuse. Elle ne vous aime pas aujourd'hui et vous aimera demain... »

Le pauvre Tof avait une mine désolée, et Lucien serra cordialement sa main potelée, un peu fébrile, ce matin.

« Elle vous aimera demain, j'en suis sûr. Et puis, est-ce le moment de partir, quand Florence entre peut-être en révolution ? On dira que vous avez peur.

— Il y a des limites, mon bon Tof.

— Non ! »

Cette insistance étonna Lucien, quoiqu'il connût la joie voluptueuse qu'éprouvait son ami à voir chacun vivre en bon accord.

« Je n'ai pas su plaire à Matilda, voyez-vous, Tof. Et je m'en vais pour en guérir : cela commence déjà.

— Ce n'est pas vrai ! Vous l'adorez tout autant qu'hier. Seulement la jalousie vous pique, et c'est devant Mazzonetta que vous fuyez. Mais il me déplaît aussi à moi. Je le trouve sot, fat, bavard. Et pourtant, je reste.

— Ce n'est pas la même chose. »

Comme l'omnibus partait, Tof n'eut point le temps de répondre qu'il aimait Mme Monti, en effet, et non sa fille aux longs yeux, si pleine de grâce en ses pires défauts. Ils ne purent que s'envoyer des signaux tant que l'omnibus fut en vue, comme s'ils se séparaient à tout jamais. Sans doute, ils savaient bien qu'il n'en était rien : mais les sentiments affectueux, ainsi que les plus tendres, meurent souvent loin des lieux où ils se sont accrus, et nos deux amis savaient cela aussi.

A la gare, Lucien sifflotait d'un air crâne. Il monta dans un wagon encombré de vêtements épars, comme tous les wagons. Mais nul n'ignore qu'il reste toujours une place dans un compartiment garni de la sorte, et le train parti, en effet, il s'en trouva subitement plusieurs qui furent libres. Deux des voyageurs lisaient le Bædecker avec application : Lucien en conclut qu'ils étaient anglais. Une femme, bien ronde, bien assise au fond de la banquette, se mit à manger du raisin, puis des sandwiches, puis du raisin, et ainsi de suite. Lucien en conclut qu'elle était Allemande, ainsi que son compagnon qui apprenait les verbes irréguliers italiens avec une conscience admirable. Le dernier était un charmant florentin, qui devait avoir une conversation exquise, mais s'endormit en partant pour ne s'éveiller qu'en arrivant. Chacun d'eux manifestait ainsi clairement les tendances de sa race ; Lucien s'aperçut à la fin qu'ils étaient tous Anglais.

« J'observe mal, se dit-il. Mais je m'y habituerai : car je vais me donner cette tâche. Il me faut une tâche, un travail, une lutte ardente, une passion nouvelle. Outre les courses, j'aurai un vrai métier ; les lettres, par exemple. Pourquoi pas ? J'écrirai comme les autres, et choisirai la littérature qui convient à mon genre de beauté : je ferai des romans sportifs, ce sera charmant... »

Le train filait dans la campagne toscane. Quand on a scrupuleusement examiné ses voisins et qu'on est à bout de projets, il faut bien retomber en soi-même : tout y conduit. Or, Lucien voyait au loin des collines ornées de quelques pins. Il supposa que les sentiers y serpentaient parmi des roses sauvages, et qu'un poète en robe rouge y manquait... Mais n'avait-il pas fait des rêves semblables, déjà? Oui, quand il errait à l'aventure, boudant Matilda. Alors, les yeux du page commencèrent à s'assombrir.

La dame qui mangeait du raisin se pencha vers son compagnon : « Tomy, fit-elle tout bas, regardez donc comme ce jeune homme a de grands tristes yeux comparables à ceux de ma cousine Edith.

— Mary, répondit le monsieur studieux, toutes les personnes de votre famille ont de beaux yeux. » Et il reprit ses verbes irréguliers.

Mais au bout de quelque temps :

« Tomy, Tomy, reprit la dame, je vous assure que le jeune homme souffre. Peut-être est-il malade? Demandez-le-lui chrétiennement, Tomy. »

Tomy grommela : « Vous êtes folle, je pense. Croyez-vous que je vais le déranger? Occupons-nous chacun de nos affaires. » Et cet accès de mauvaise humeur lui ayant rendu ses études plus difficiles, il s'endormit.

Sa bonne petite femme ne laissa pas cependant de s'inquiéter encore, car elle profita du premier mouvement que fit Tomy pour lui glisser à l'oreille : « Vous savez qu'il a pleuré, tout à l'heure. »

Lucien ne s'aperçut de l'intérêt qu'on lui portait qu'au moment où l'on entra dans Pise. Il se sentait alors si lamentable et tellement abandonné qu'il accepta follement la sympathie qu'on semblait lui offrir. Voyant que le couple allait s'arrêter là, il prit une décision, et quoique son billet fût pour Gênes, sans songer aux complications possibles ni rien prévoir, il descendit comme un homme privé de raison derrière la petite dame.

Hélas, sur le quai même de la gare, il la vit marcher ! Il se rappela de quel air triomphal et souriant s'avançait Matilda dans les rues de Florence où les allées du Bois, et sa silhouette allongée. Adieu, petite Anglaise, courte sur pattes, adieu... Il la regarda s'éloigner cahin-caha. Le page repartit deux heures après, plus sombre et plus découragé.

Il arriva vers la fin du jour devant la mer que dès lors le train suivit, entrant à chaque minute sous des tunnels, mais courant parfois au-dessus de l'eau bleue et parfois sur la plage même. Lascive, langoureuse, la mer ondulait, se roulait, faisait le gros dos, et coquettement, sur le bord, montrait son jupon blanc. Il ne semble pas que les vagues de la Méditerranée se plaignent, comme font celles de l'Océan, mais qu'elles roucoulent. « C'est, murmura Lucien, c'est la mer que parcourut le fidèle Achates. » Que de vers, que de chansons se liaient au souvenir de Matilda !

Pourtant, peu à peu, le soleil se couchait

Bien d'autres lieux, l'été, peuvent séduire qui veut causer, qui veut manger, qui veut perdre sa soirée : pour ceux-ci, on donne les violons sur des théâtres en plein vent ; pour les gourmands, il y a de fins repas à prendre en des cabarets mystérieux, devant la Seine qui fuit dans la nuit ; les raffinés enfin s'en vont sous les ramures sombres du Bois contempler la beauté des femmes qui ont si peu d'appétit, mais se couvrent de dentelles et d'étoffes claires, qu'elles auront ingénieusement fait mousser, se hérisser ou tomber autour d'elles comme des voiles. Il est maladroit, en juillet, de s'enfermer au Grand Hôtel, parmi des étrangers : mais Tof et Lucien s'y plaisaient parce qu'ils y parlaient plus mélancoliquement. L'un, depuis Florence, avait beaucoup souffert, beaucoup aimé, et l'autre ajoutait quelques odes assez tristes à son *Livre d'Achates*.

« Du temps de nos amies, cet hôtel était vraiment plus gai.

— C'est-à-dire qu'on y allumait les lumières plus tôt.

— C'est-à-dire que nous n'y étions pas seuls, Tof. Aujourd'hui, autour de nous, voyez : des femmes venues de loin, cette blonde magnifique constellée d'insignes, d'emblèmes et d'étoiles ; cette jolie petite Écossaise qui, la première fois qu'elle nous vit, vous en souvient-il ? nous donna son regard par-dessus un livre qu'elle feuilletait ; cette dame sentimentale qui promène partout son amant trop jeune, trop en redingote, Adolphe des pieds à la tête... Nous ne connaîtrons jamais toutes ces femmes, qui peut-être partiront demain, et la voix de nos amies nous manque. Vous rappelez-vous le rire de Matilda ? Il égayait tout l'hôtel. »

C'est ainsi qu'ils s'attristaient toujours sur le même sujet, puis l'écartaient pour ne point se gêner mutuellement. Cette fois, leur dîner étant fini, ils se levèrent d'un commun accord et firent ainsi diversion.

Ils s'en furent à pied du côté de la Madeleine, heureux que la nuit fût sereine. Mai et juin s'étaient écoulés sous la pluie.

« ... Oui, sous un vrai déluge, dit Lucien. Et je m'étonne que vous ne soyez pas resté en Italie, malgré les troubles et les soldats.

— Mon Dieu, je vous le répète, quand les Monti se furent terrées dans la villa des Giannone, craignant que les émeutes ne devinssent à la fin quelque terrible guerre civile, il m'eût fallu demeurer seul à Florenc

Aux Folies-Marigny.

où les officiers gouvernent depuis le mois de mai. Et puis... »

Il s'approcha de Lucien, et lui prit le bras : « Et puis, j'aurais dû voir chaque jour le lieutenant Mazzonetta qui, vous le savez, est presque fiancé avec Matilda, et parle d'elle déjà comme de sa femme. Son rôle d'homme de guerre, en ce moment, l'enorgueillit et l'affole. »

Lucien s'intéressait à un de ses boutons de gant légèrement cousu, et qu'il s'efforçait de consolider avec une application extrême.

« Enfin, la seule chose qui importe, dit-il, c'est que nous dînions ensemble de temps à autre, mon bon, et que vous fassiez de beaux vers. Le reste m'est égal, maintenant, les Monti... Peuh !

— Lucien, Lucien, faites attention ! Prenez garde que tous les souvenirs s'adoucissent peu à peu, et nous aident à vivre. Il n'est pas jusqu'aux plus niais qui ne nous charment : au bout d'un long temps, vieux compagnons rabâcheurs mais très bons, ils sont là qui nous disent : « Continue, va, continue... » Les vôtres, ne fussent-ils que ceux d'un premier voyage en Italie, vous deviendront précieux un jour : ne les abîmez pas.

— Oh, je ne prétends pas cela. Je me rappelle une ville fort bien travaillée, des toits en auvent, des palais rouillés et des rues au sol très doux...

— Vous rappelez-vous comme le soleil achevait la ciselure des collines ?

— Des églises bariolées de marbres aux cent couleurs ; et partout, des statues vertes et blanches...

— Elles écoutent les cloches depuis des siècles, et supportent d'un doigt négligent plus d'un pigeon irrespectueux.

— Je me rappelle les musées et les yeux que j'y ai vus.

— Mieux que nous, certes, les personnages qu'a peints Botticelli ressemblent à des roseaux pensants.

— Oui, Tof, oui, mais voilà tout ce dont je me souvienne. Encore un coup, j'ai oublié tout le reste, tout ! En voulez-vous la preuve ? C'est que je ne vous ai pas une fois demandé des nouvelles des Monti, bien que — je ne l'ignore pas — vous en receviez régulièrement. Je ne sais d'elles que ce que vous m'en avez appris spontanément, en bavardant, et je n'insistai jamais. L'avez-vous remarqué ? N'est-ce pas vrai ?

— Il est vrai, il est vrai... Mais avouez aussi que je ne vous y ai point engagé, ni n'ai voulu vous tenter.

— Je n'aurais pas cédé.

— Quelle rigueur ! Et si l'occasion se présentait d'aller rejoindre nos amies, en France, loin de tous les Mazzonetta, vous n'iriez pas ?

— Je n'irais point. Matilda est morte pour moi. »

Tof ne prit que le temps de sourire et répondit sans s'émouvoir : « Ce matin, une nouvelle très intéressante m'est arrivée de là-bas.

— Ah ? »

Lucien visait maintenant avec sa canne les arbres de l'avenue Marigny : il n'en manquait pas un.

« Oui, fit Tof. Mme Monti ne veut ni abuser de l'hospitalité des Giannone, ni rentrer dans Florence encore peu sûre et où, d'ailleurs, on étouffe. Elle a donc décidé de louer une maison sur une plage française pour y passer l'été, et comme ses amies les Ennison vont habiter chaque année à Etretat, Mme Monti a fait ce choix... »

Ils étaient arrivés devant les Folies-Marigny. Lucien dit posément : « Eh bien, que Matilda passe un heureux été ! Vous ne pensez pas, j'imagine, que je vais aller à Etretat ? De qui aurais-je l'air ? Et puis, mon cher, à quoi bon, à quoi bon ? »

Et ils entrèrent dans le théâtre.

Ils y virent les danseuses anglaises que l'on sait, des acrobates naturellement, un ballet de rigueur, les chanteuses prévues et les phénomènes annoncés sur l'affiche. Lucien songeait à une grande maison assez délabrée que Bob Milton nommait son château : elle est située à mi-chemin entre Etretat et Fécamp. L'année que Lucien avait fait avec René des Eparges toute cette côte en voiture, de Boulogne au Havre, Bob Milton les avait reçus là : derrière les carreaux verdis de sa vieille demeure, on déjeunait fastueusement, on vivait bien. Bob Milton était brutal et ennuyeux; mais il possédait de belles terres autour de son château, et surtout, il recherchait la compagnie de Lucien, il s'y plaisait. Plus de vingt fois, il l'avait prié de venir passer une saison chez lui : d'autres acceptaient, et le duelliste corpulent ne se sentait pas de joie lorsqu'il voyait à sa table dix camarades, dix hôtes assemblés, mangeant de bon appétit et buvant mieux...

Quand le spectacle eut pris fin, Lucien conclut : « S'il m'invite encore — on verra. »

XXII

LE BEAU ROLE

Le château de Bob Milton s'appelait autrefois Les Grenouilles. Mais la maîtresse du duelliste, Odette Partout, jugeant ce nom très déplaisant, l'avait de sa propre autorité transformé en celui plus poétique, disait-elle, de La Vallée. Odette Partout venait de temps à autre passer une huitaine à La Vallée. Ces courts séjours étaient pour Lucien un sujet de terreur et d'ennui, parce que Bob et Odette se querellaient comme des portefaix, fort jaloux tous les deux, fort vaniteux, et se trahissant mutuellement autant de fois que l'occasion s'en présentait : car Odette avait un penchant naturel à méfaire, et les misérables femmes raffolaient de l'énorme Bob, sous prétexte qu'il se battait tous les mois.

Mais il n'y avait aucune autre raison pour qu'un hôte ne fût pas heureux à La Vallée.

Puissamment riche, Bob éprouvait un plaisir véritable à étonner chacun par la splendeur de son hospitalité. A vrai dire, son vieux château à l'aspect vénérable devenait moins imposant dès qu'on s'en approchait : ce n'était plus alors qu'une grande bâtisse ruinée par l'injure du temps. Les murs se lézardaient et il y avait des rideaux déchirés aux vitres. Au-dedans, les meubles menaçaient ruine, pour la plupart usés. Mais la vaisselle somptueuse éblouissait les yeux, et l'on jouissait d'une cave renommée, d'une écurie pleine de chevaux, et de serviteurs nombreux.

On ne trouvait de fleurs au jardin que parsemées de ci, de là, au gré des oiseaux et des vents. A peine pouvait-on dire qu'il y eût un jardin, mais plutôt une solitude rustique et agréable. Un pré verdoyait devant la maison jusqu'à la route ; à côté s'élevait une futaie ombreuse, troublée par les seuls corbeaux, et que traversait l'allée par quoi l'on arrivait au château. Non loin s'allongeait un petit ravin tapissé d'herbe, et que des arbres et des broussailles bordaient. La route d'Etretat à Fécamp passe sous la futaie, puis en vue du logis, puis descend et remonte les pentes de ce ravin charmant, dont Odette Partout s'était autorisée pour nommer La Vallée le domaine de son amant.

Lucien faisait seller un grand cheval noir, qui avait autrefois couru et s'appelait Calprenède. Monté, Calprenède révélait un caractère craintif et têtu, mais le page l'aimait pour le sombre éclat de sa robe et sa noble allure. C'est quand le soleil décline déjà que Lucien se mettait en route : il s'en allait au pas sous la haute futaie, malgré les avertissements sentencieux et moroses des corbeaux; il ouvrait la barrière blanche, dont on pouvait soulever le loquet sans descendre de cheval, et suivait la grand'route, trottant là entre des champs bien cultivés, dépassant ici des fermes, un village, maintes bornes et maints tas de pierres dont Calprenède s'écartait avec effroi. Moins d'une heure après la route s'inclinait vers Etretat, qui se trouve dans un val entre des falaises. Alors, Lucien apercevait la mer et le soleil couchant.

Il se cambrait sur sa selle, se croyant tout doré par les merveilleux feux de bengale qui s'allumaient au loin, et souriant aux splendeurs du soir, entrait au pas dans la ville. Ce fut ainsi qu'il revit pour la première fois Matilda : elle venait de jouer au tennis et marchait entre deux des demoiselles Ennison. Les trois jeunes filles se rendaient au casino, car il importe d'aller juger quotidiennement si le soleil se couche bien ou mal. Et Kate Ennison dit à Matilda :

« Mais voyez donc, chérie, n'est-ce point M. Lorédan, sur ce cheval noir qui se débat ? »

Calprenède, en effet, se cabrait d'horreur devant l'un des bancs de la place de la Mairie.

Lucien salua les jeunes filles, Matilda toute rouge et bouleversée, Kate et Sybil Ennison qui disaient déjà d'une seule voix : « Tiens, vous êtes ici ?

— Non, mesdemoiselles, je viens d'assez loin, mais j'espère vous revoir quelquefois », répondit-il sans s'arrêter.

Et il ne parut au casino que le lendemain à l'heure où le soleil mourant avait à demi sombré dans l'eau. Lucien attendit, tout botté, que le grand spectacle de l'horizon fût terminé, sans témoigner plus d'attention pour Matilda que pour Sybil ou Nanny Ennison ; puis il repartit avant que les lumières ne fussent allumées.

Matilda, cependant, eût retenu près d'elle tout autre page que Lucien ; pour mieux sauter au tennis, elle portait « cotillon simple et souliers plats », de sorte que son charme était plus familier : je veux dire que l'on devinait de tout point ses jambes, qui jamais n'étaient gauches ni mal placées, et que, libres sous la chemisette délicate, ses seins avaient l'air de deux fruits de la Terre promise enveloppés dans du papier de soie.

Mais Lucien enfourcha Calprenède et se remit en route après un léger signe de main, impertinent comme une chiquenaude.

« Il n'est pas devenu fort aimable, M. Lorédan, dit Nanny.

— Vous pouvez même ajouter, Nanny, qu'il est grossier, répliqua l'irascible Sybil.

— Peuh ! il a mieux à faire ailleurs, conclut Matilda d'un ton délibéré.

— Ah, vraiment, firent en chœur les deux autres ; vous savez quelque chose ? Contez-nous cela, Matilda. »

Et Matilda conta. Son histoire fut absurde, illogique et puérile ; elle mentit comme un bébé, mais n'en fut pas moins crue sur parole.

« Eh bien, à peu près au moment que je commençais de voir plus souvent Luigi Mazzonetta, Lorédan est tombé amoureux de mon amie, la marquise Campavera. Le pauvre garçon ne réussit point, et je sais qu'il essaie de se consoler depuis avec une cocotte qui se fait à Paris passer pour Italienne et pour marquise. Mais ce n'est qu'une aventurière, connue jadis à Milan ; elle s'appelait seulement la Tosio dans ce temps-là, et des faquins la nommaient Maria tout court. Quelques-uns ne lui offraient que des fleurs et leurs dettes. Maintenant, elle fait parade de sa livrée, d'un titre d'emprunt ; elle extravague... Lucien Lorédan l'aura suivie jusqu'ici... »

Et voilà comment trois jeunes filles se montaient la tête parce qu'un cavalier ne leur avait point dit d'où il venait. En somme, Matilda montrait quelque sagesse. Nul n'ignorait qu'elle et Lucien s'étaient aimés, et l'on supposerait qu'ils s'aimaient encore : aussi voulait-elle déjà gagner l'opinion publique, et déjà mentait. Ajoutons qu'elle ne se demandait pas sans espoir secret si vraiment son page taciturne était venu pour elle...

Ses deux compagnes le lui affirmaient :

« Enfin, nous voulons bien croire qu'il est en Normandie pour les beaux yeux d'une autre, mais vous admettrez qu'il connaissait votre présence ici, car on ne se rencontre jamais par hasard. »

Sybil et Nanny Ennison, ainsi que leur sœur Kate, ne savaient que trop combien

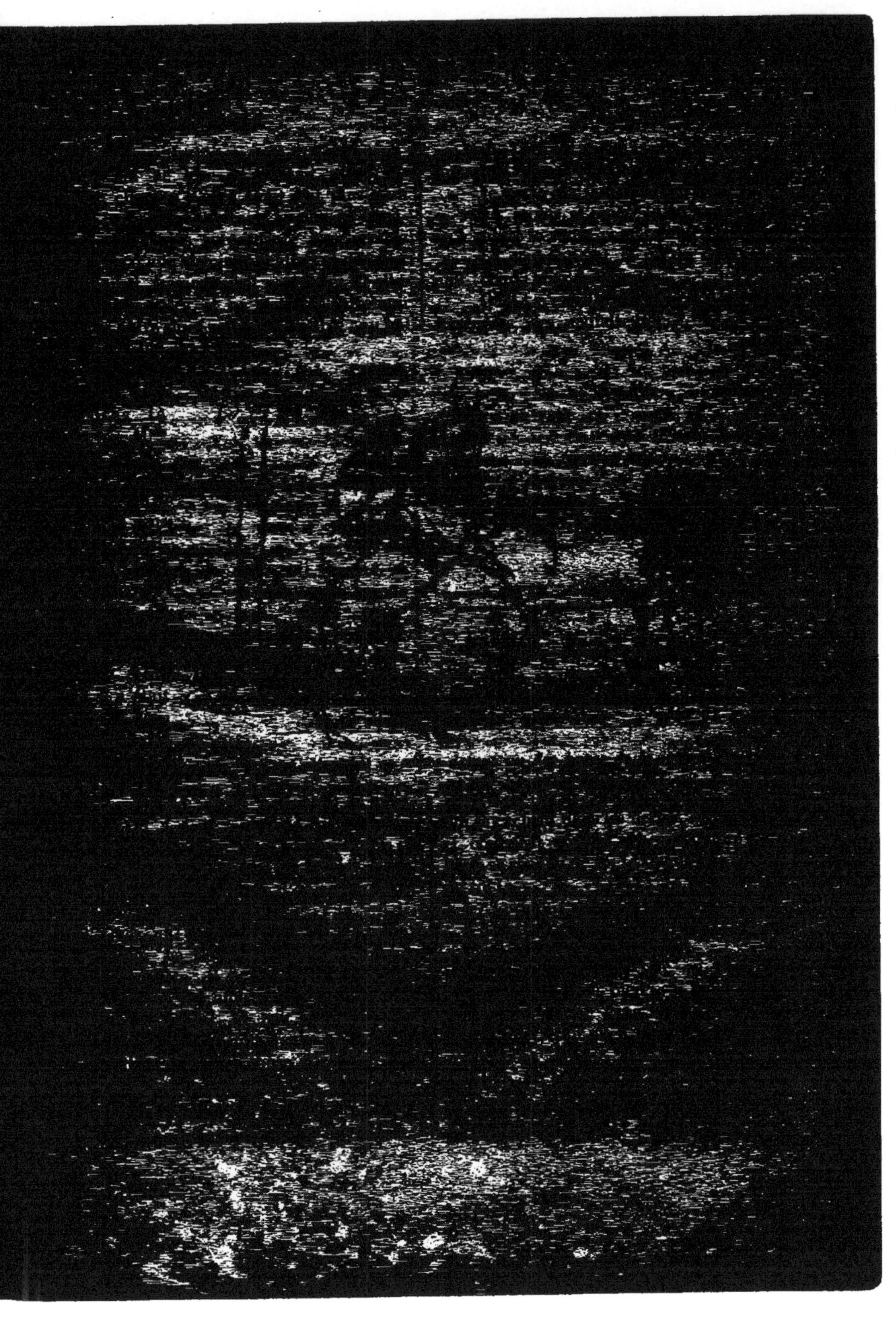

Et c'est pourquoi Lucien sentait battre délicieusement son cœur, tandis qu'il trottait dans la nuit. Il écoutait tantôt la campagne silencieuse, et tantôt chantait. En traversant Les Loges, un village qui se trouvait sur sa route, il envoyait un baiser vers une fenêtre éclairée, toujours close, et derrière laquelle une femme inclinée sur un livre (une paysanne, sans doute, et le livre était la clef des Songes), soulevait le rideau quand le sabot de Calprenède frappait le sol : elle aussi guettait le cavalier qui passait si tard, à la lueur d'une lanterne.

Lorsqu'enfin il poussait la barrière blanche de la Vallée, le page heureux riait sous cape. « Matilda, ma mie, murmurait-il, je t'aime. »

« Oui, je l'aime », confiait-il à mi-voix aux corbeaux endormis.

XXIII

LES PLAGES

Cela dura quelque temps. Enfin Odette Partout, s'étant un beau jour querellée davantage avec Bob, fut saisie d'une crise de dignité qui correspondait par ailleurs avec certaines intrigues, et décida qu'elle voulait rester à Paris tant que son amant demeurerait « dans sa province, dans sa bicoque, dans ses Grenouilles ».

Bob, indigné d'une part, et de l'autre enchanté de pouvoir ainsi fréquenter plus assidûment Nanny Ennison qui marquait beaucoup de goût pour lui, n'empêcha nullement Odette de prendre le premier train — au contraire ! Il parcourut les corridors du château en criant qu'il allait inviter chez lui toute une armée d'amis intimes, hommes de cheval et hommes d'épée, et même Tof, pour faire plaisir à Lucien, et qu'il donnerait des fêtes, et resterait six mois loin de cet ignoble Paris, et qu'on verrait ça, et qu'Odette déguerpisse

au plus vite, Odette dont il se fichait comme de son premier duel !

Et, en effet, il écrivit à maints camarades qu'il les attendait. Or, le petit Maurice de Salisbot accepta immédiatement, Jean-Paul Ailly promit de venir en septembre, et Tof répondit que, mon Dieu, oui, il arriverait dès le lendemain. C'est que Salisbot nourrissait une vive affection pour Sybil Ennison, tandis qu'Ailly, quoique bègue et boiteux, s'obstinait à vouloir se marier avec Kate. Quant au poète, il avait loué une maison à Ville-d'Avray pour y travailler tout l'été, mais on sait qu'il s'ennuyait toujours loin des Monti. Bob Milton reconnut à l'empressement de ces trois hommes-là qu'ils étaient les meilleurs entre tous ses amis.

Tof et Maurice de Salisbot arrivèrent donc, l'un dans la matinée, l'autre dans la journée. Bob les accueillit comme des enfants prodigues.

« Mes chers camarades, mes bons vieux, vous n'avez pas eu peur de ma solitude, vous autres ! Il n'y a que vous et Lucien, et Jean-Paul Ailly, qui me portiez quelque affection ! Mais je veux que vous ne vous repentiez pas de votre gentillesse ; nous organiserons des parties, des réunions. Il faut qu'Étretat tout entier vienne chez moi ; et, pour commencer, je vous y emmène dîner. On nous y verra tous les jours, et toutes les nuits aussi, si vous voulez, et je prétends que chacun de vous enlève une femme à la fin de la saison — et allez donc ! »

Il fit atteler ses chevaux de poste, en effet, deux gris pommelés qui portaient un harnachement compliqué de grelots et de queues de renard, comme s'ils allaient jouer *le Courrier de Lyon*. En route !

On dansait au Casino, ce soir-là. Ce furent entre les jeunes gens et les Ennison, les Monti, Mme Hardley, Mme Saint-Vaille, des effusions bruyantes et sincères. Tous se connaissaient, et il n'était pas un de ces hommes qui n'eût au moins une fois parlé d'amour à chacune des femmes qu'il revoyait ici ; et chacune d'elles avait souri à chacun d'eux cinq minutes au moins vers la fin de la nuit, sur l'escalier charmant le long duquel Mme Ennison donnait à flirter, au son des valses. Enfin, les rapports des uns et des autres étaient teintés de galanterie légère ainsi qu'il arrive en certaines sociétés dont les dames se disent prudemment : « Les amis de nos amies pourraient bien quelque jour devenir nos amis », tandis que les cavaliers non moins sages pensent qu'il n'y a point de sot baiser.

Bob s'empressa, se multiplia, cria, eut terriblement soif et terriblement chaud. Il connaissait tout le monde à Etretat, et comme il était de ceux qui prétendent que l'on soit gris dès qu'ils ont bu, il étourdit chacun des éclats de sa joie. On n'admire pas assez l'influence des gros garçons sur les foules : leur forte voix, l'importance de leur geste, tout en eux domine et effraie, de telle sorte que la moitié des interlocuteurs s'enfuit, mais que l'autre demeure prête à toutes les lâchetés, à toutes les gaîtés, à tous les enthousiasmes. Bob sut ainsi organiser un souper improvisé, dans lequel on fêta les nouveaux arrivés. Tof conta une grande quantité d'anecdotes, toutes celles qu'il avait imaginées à Ville-d'Avray : l'agressive Sybil lui reprocha d'user en un seul jour tout son répertoire. Mme Monti répliqua que Tof savait tant d'autres histoires, que jamais Sybil ne pourrait les caser dans sa petite cervelle. Sybil se fâcha, Nanny prit le parti de Tof, et les deux sœurs semblèrent sur le point de se battre, mais n'échangèrent que des mots sans résultat. Là-dessus, le petit Salisbot paria de soulever un billard, et quand on eut terminé contre Mme Hardley la série des farces accoutumées, il fut temps que l'on se séparât : on n'avait plus rien à se dire, puisqu'il est notoire que les vexations amicales et les exercices de force marquent dans les soupers le commencement de la fin.

Les jeunes gens remontèrent dans leur voiture et les chevaux partirent au bruit des grelots. Et désormais on aperçut chaque jour tantôt un break léger, tantôt des charrettes ou des cavaliers dévaler la côte de Fécamp, et c'étaient le gros Bob et ses hôtes qui venaient se baigner à Etretat, jouer au tennis, dîner ou souper. Bob et Tof arrivaient en vis-à-vis dans un tonneau, et c'était merveille de voir les deux poussahs, l'un pourpre et jovial, sa petite moustache en croc, l'autre souriant, paisible et barbu, et tous deux bons amis, car ils ne s'écoutaient jamais : chacun d'eux parlait à son tour pendant que l'autre approuvait doucement, n'ayant rien entendu. Comment auraient-ils fait pour n'être pas d'accord ?

Cependant la retraite de Lucien était maintenant découverte : il ne pouvait plus jouer le rôle mystérieux des premiers jours. Alors Matilda, comme jalouse d'elle-même ou bien un peu déçue, avait voulu se persuader que son page ne songeait plus à elle et qu'il n'y fallait pas prendre garde. Mais, pauvre Matilda ! tout s'opposait à ce qu'elle n'aimât plus : l'été si radieux cette année-là, la plage, Etretat même...

Sait-on bien ce que sont les plages ? La duchesse de Berry fut la première, je pense, à en goûter le charme, et les raffinés s'y plurent sous le Second Empire ; au début de la 3e République, vous n'aviez pas une démangeaison, un bouton, une migraine que votre médecin ne vous conseillât aussitôt d'aller prendre les bains de mer. Maintenant l'air salin est passé de mode, il ne guérit plus, mais j'imagine qu'il ensorcelle. D'ailleurs en pourrait-il être autrement ? On n'envoie certainement les fillettes au cours, et l'on n'enferme dans des collèges les garçons presque toute l'année, qu'afin de les préparer longuement aux émotions profondes de l'été, de l'automne, de ces mois délicieux pendant lesquels ils sont libres. Ils aiment alors, ils se donnent, et suivent jour par jour la loi de leur cœur passionné : car tous les cœurs sont passionnés jusqu'à ce que la barbe vienne aux jouvenceaux et les hanches aux filles. Et comme c'est au bord de la mer frémissante que ces romans se nouent et se dénouent, la brise corrompue par tant de paroles, de frissons recueillis et de baisers, la brise attendrie enchante les plages : on y attrape l'amour à la tombée du soir, et bien prudente qui l'évite !

La lumière, la saison font le reste : vous avez commencé de n'être plus indifférent tandis que l'air chaud et clair de l'été rend tout ensemble voluptueux et insouciant, vous n'avez point pris garde ; arrive l'automne avec ses brumes et ses crépuscules, durant lesquels on se rapproche sur les mêmes bancs, sous les arbres aux feuilles d'or et de parchemin, autour des douces lampes : le sort est jeté, vous aimez.

Or, le séjour d'Etretat était dangereux entre tous, non que le pays eût rien de troublant, rien qui tentât les cœurs, ni beaux ombrages, ni fleurs, ni même un pauvre petit ruisseau, mais à cause des couples énamourés qui s'y caressent en si grand nombre chaque année. On s'aime beaucoup sur cette plage. Entre les falaises dures, on ne se quitte guère, du soir à la nuit et du matin au soir : avant midi, ce sont des propos tendres et perfides sur une terrasse minuscule, où l'on se courtise en famille, sauf quelques-uns qui, plus hardis, s'en vont causer à la nage très loin, dans le silence des vagues étincelantes : ceux-là sont heureux: ils ont un peu peur, et se rient de leur prochain qui est si petit et grouille lourdement sur le rivage lointain. L'après-midi, les mêmes inquiets, les mêmes perfides, les mêmes jaloux, les mêmes heureux s'en vont jouer au tennis, et se réfugient le soir encore dans tous les coins du casino : ils ne perdent que le temps des repas. Enfin, que le soleil ou que la lune brille au ciel, qu'il souffle un vent de tempête ou qu'une chaleur tropicale ait engourdi le reste du monde, la ville d'Etretat est toujours pleine d'amants errants. Pourtant on les rencontre moins

vers la fin de septembre : ils commencent à se cacher et ne vont plus en paix, car ils ont péché.

Il était bien certain que Matilda s'abandonnerait à ses souvenirs dans un pays si favorable. Et il était bien probable aussi qu'elle s'y complairait, entourée comme elle l'était. Voulait-on qu'elle parût ridicule au milieu de toutes ces dames, de toutes ces demoiselles et de toutes ces petites filles qu'on voyait courir la ville et les environs, entrant par toutes les portes, apparaissant au détour de toutes les rues, à l'orée de tous les taillis, au bout de toutes les promenades, toujours suivies du sigisbée jamais las qui porte les raquettes, les manteaux, pousse les bicyclettes, et regarde méchamment les indiscrets.

On devine quel mépris Kate, Sybil et Nanny devaient concevoir pour Matilda en observant que celle-ci se contentait avec son page d'une allusion furtive, d'une phrase rapide en passant. Car il persistait à se tenir sur une extrême réserve, un peu narquois, un peu insolent, ne demandant rien et ne répondant guère : il était si sûr que Matilda céderait ! Pour un royaume, il n'eût point fait le premier pas. Il l'aimait seulement de tout son cœur et de toute sa volonté, sans le lui dire. Mais Matilda ne l'entendait pas ainsi : d'autres la courtisaient, elle ne daignait pas les voir ; Mazzonetta l'épouserait sans doute un jour, peut-être, dans un long temps... Il était bien loin...

Son page, au contraire, était là, près d'elle, tout correct, tout svelte et blond, et les yeux scintillants. Matilda le regardait sans cesse et souffrait beaucoup de son silence assez hautain. Souvent, Bob organisait des parties : on trottait par les routes et les sentiers ; chevaux, automobiles et bicyclettes se retrouvaient à de lointains rendez-vous ; au retour, tout le monde s'arrêtait à La Vallée, et les bouchons sautaient jusqu'aux plus hauts arbres, de manière que les corbeaux offensés se plaignissent gravement.

Il ne fallait plus qu'un accident, une circonstance, un prétexte enfin pour que Matilda s'approchât de Lucien et lui osât dire :

« Pourquoi vous taisez-vous, mon page ?

— Vous plaisantez. Je ne me tais point, mais vous répète sans cesse, au contraire, que vous êtes la plus belle du monde et qu'il fait bon vivre à vos pieds.

— N'avez-vous rien à me demander ?

— Mais... le croyez-vous ?

— Rien à me reprocher ?

— Ah ! Matilda... »

Et Lucien là-dessus, tremblant de joie, s'épancha presque en pleurant, avoua tout, ses tristesses, son long et secret chagrin, sa tendresse enfin qui jamais ne s'en était allée...

Or, le prétexte que tous deux attendaient ainsi fut une lettre de Mazzonetta, par laquelle cet officier annonçait à sa fiancée que tout rentrait dans l'ordre à Florence, qu'il allait être bientôt libre, et obtenir un congé qu'il viendrait passer près d'elle, en septembre probablement.

XXIV

PROPOS HIPPIQUES

« Mais sapristi ! qu'est-ce que vous avez, Lucien ? Vous nous montrez une mine à chagriner les morts ! Salisbot, versez-lui encore un verre de quelque chose : il est triste, ce garçon... Notre projet de garden-party l'a profondément affecté. Je me demande pourquoi.

— Il est permis au sage de s'attrister quelquefois, répliqua Tof : quand il a sommeil, quand il est gris, et quand sa maîtresse lui fait des serments.

— Ne plaisantez pas, ajouta Salisbot : je suis sûr que Lucien imagine en ce moment une surprise pour notre fête. Pas vrai, mon cher ? » Maurice de Salisbot appelait tout

le monde « mon cher », ce qui donnait du ton à sa conversation ; il y mettait beaucoup de cérémonie quand il s'adressait à Lucien, parce qu'il admirait ce dernier. D'ailleurs, ce petit jeune homme admirait solennellement tous ses amis.

Lucien regarda d'un œil encore sombre la table couverte de bouteilles diverses, de glace, de tasses et de verres. Il faisait une chaleur étouffante, contre laquelle les jeunes gens réunis au lieu le plus sombre de la futaie, après déjeuner, essayaient vainement de lutter en buvant frais. Plus ils avaient chaud et plus ils buvaient ; et plus ils buvaient, hélas, plus ils avaient soif. Tof, laissant aux autres les alcools néfastes et violents, avait réuni devant soi les liqueurs ecclésiastiques, bénédictines, feuillantines et autres, toutes ces bouteilles qui ressemblent à des nonnains ou à de gros chanoines ; une montagne de glace pilée s'effondrait dans un plat de cristal : « C'est la neige, disait-il, dont les courtisanes antiques se servaient pour refroidir leur vin. Car elles buvaient du vin. » Salisbot qui aimait Napoléon avait confisqué un flacon d'eau-de-vie de Dantzig : ce nom et les parcelles d'or lui rappelaient Mme Sans-Gêne, l'Epopée, le maréchal Ney et mille choses guerrières. Bob appréciait plus simplement son cognac : il le chauffait dans sa main, le couvait afin d'en faire éclore un arôme délicieux. Lucien, dont le verre était vide, répondit : « Non, mes amis, vous n'y êtes pas. »

Certes ! ils n'y étaient pas. La triste humeur du page était causée depuis la veille par Mazzonetta, qui venait encore gâter sa joie et se jeter au travers de sa vie. En effet, les larmes essuyées et l'émotion fanée, il avait bien fallu songer à cette lettre inattendue, odieuse, sans laquelle jamais peut-être Lucien et Matilda ne se fussent réconciliés, mais qui troublait aussi leur bonheur au moment qu'elle le faisait naître. Le bellâtre poursuivrait donc Matilda jusqu'ici, alors qu'il n'était même pas régulièrement son fiancé? Il n'existait entre eux que le lien le plus frêle de tous, une promesse. Et Lucien souhaitait cruellement que cet impudent subît le mépris, la solitude, les railleries ; il l'eût voulu malade et même mort. Il l'eût volontiers tué de ses mains, eh bien, oui ! de ses mains... Sans doute, il y a les gendarmes, mais il y a aussi le cœur des hommes qui souffre et se révolte ! Le page était audacieux : « Dans la vie, pensait-il

« Oui, je viens de trouver une attraction, mes chers. Il faut donner des courses.

— A la bague, à la nage, à pied, en sacs? C'en bien 14 juillet.

— Mais non, des courses de chevaux ! Pourquoi pas? Rien ne s'y oppose. Jean-Paul Ailly amènera volontiers un ou deux pur-sang pour amuser sa chère Kate. Je ferai venir ma jument, je l'entraînerai. Avec un échafaudage en guise de tribune

On organise une journée de courses où Lucien montera Calprenède.

il faut sauter tous les obstacles, ou qu'on les brise ! » Ah, il se souciait bien en ce moment de garden-party, de Bob et de ses projets ! Celui-ci tenait pourtant à s'éclairer et questionna Lucien de nouveau : « Enfin, Lucien, dites-moi si vous croyez qu'une fête à La Vallée pourrait réussir ?

— Mais est-ce que je sais, moi ! Oui et non. Non plutôt, car en somme qu'offrirez-vous à vos invités? Une partie de tennis? Ils peuvent la faire à Étretat. Un bal? Il fait bien chaud. Une fête champêtre, des chevaux de bois, des hercules, des spectacles comme à Neuilly... Peuh !

— Écoutez ! s'écria Maurice de Salisbot. J'ai une idée ! »

Une idée de Salisbot était chose assez rare pour que chacun se tût.

et quelques obstacles, nous aurons tout ce qu'il faut. »

Un profond silence suivit cette proposition. Chacun réfléchissait. Tof jugeait qu'il serait agréable de voir galoper ses amis par la plaine, sous de jolies casaques, et que les femmes groupées dans la tribune ressembleraient à des fleurs en corbeille. Mais Bob et Lucien se montrèrent moins aisés à convaincre :

« Eh bien, et le champ de courses? Où le prenez-vous?

— Comment ! mais à un kilomètre du château vous avez des prairies immenses : y déterminer une piste avec des piquets, l'aplanir tant bien que mal, puis dresser quelques haies, voilà qui est bien difficile, peut-être? Il y a même un mur qui barre la moitié des pâturages et que l'on pourra sauter...

— Vous n'y pensez pas ! fit Bob : le terrain est terriblement en contre-bas de l'autre côté... Pas un cavalier ne pourrait sauter là sans se tuer !

— Oui, oui, je sais. Mais sur un espace de cent mètres au moins, le terrain des deux côtés est excellent et plat au contraire : la dépression commence tout à coup, à gauche, et c'est un vrai ravin, mon cher, en effet : il suffira de planter un drapeau à l'endroit dangereux, et nous aurons un obstacle magnifique.

— Passe pour le mur ! En tout cas, vous ne prétendez pas qu'on entraîne des chevaux en quinze jours?

— Je ne prétends pas non plus que cette journée soit relatée sur les feuilles sportives. Vous vouliez donner une garden-party : ce n'est que cela, rien de plus.

— D'ailleurs, que ferons-nous courir?

— Vous avez déjà Calprenède, ma jument, les bêtes de Jean-Paul Ailly, de René des Eparges que vous inviterez. Puis nous ajouterons des courses de poneys, des courses d'ânes, s'il le faut... »

L'éloquence de Salisbot entraîna Bob. Avec un buffet sur le terrain des courses, beaucoup de monde, un grand dîner pour finir et le retour aux lanternes vers Etretat et vers Fécamp, la fête parut à celui-ci devoir être complète.

Lucien seul marmottait entre ses dents : « Ce sera ridicule... Idée prétentieuse, chevaux dérisoires... Et s'il pleut? Et si René des Eparges et Jean-Paul Ailly se récusent? ».

On l'envoya promener, on commença même à se fâcher. Alors le page agacé se déclara prêt à tout :

« C'est bon, c'est bon ! Je monterai Calprenède qui entre en folie devant les tas de pierre. La brave bête voudra se dérober, sautera finalement au delà du drapeau, et nous serons l'un et l'autre délivrés enfin du souci de vivre... Je commence à l'entraîner dès demain ! »

Bob haussa les épaules à cette boutade. Tof répondit longuement au contraire. Qu'on parlât devant le poète de chevaux en quoi il ne se connaissait guère, ou de quelque autre sujet, il s'amusait toujours, et ce drapeau, ce mur, ce danger sollicitèrent son esprit ingénieux : il y découvrit aussitôt le moyen, soit de se venger d'un rival, soit de gagner une course à coup sûr : « Sans doute, disait-il, il ne s'agit que de pousser son concurrent du côté de l'endroit périlleux, de façon qu'il se jette dans le vide... »

A ces mots, et bien que Tof les eût prononcés par jeu, Bob de se récrier et Salisbot de protester magistralement, citant le code des courses et parlant de maints autres codes qu'il connaissait moins bien. Mais soudain, Lucien tressaillit ! Il resta longtemps silencieux. Ses yeux clairs fixaient devant lui, dans l'ombre des arbres, une image qui d'abord le rendit étrangement grave. Puis, ses sourcils se froncèrent davantage : le page discutait, le page combinait. Enfin, il se leva, taciturne, fit quelques pas et redressa la tête : il avait conclu.

Et l'on eut la surprise d'entendre peu à peu le capricieux Lucien adopter ce projet d'une journée de courses. Il le trouvait même élégant, assez neuf, amusant en tous cas. Il écrirait à René des Eparges, son camarade, pour le presser d'amener ses chevaux. Il écrirait aussi au lieutenant Mazzonetta, un ami de Florence, qui devait se trouver à Etretat en septembre. Les écuries étaient-elles en état, ne manquait-il rien? Il y veillerait. On ferait tout venir de Fécamp. Il se chargerait de la piste, des obstacles : qu'on ne s'en occupât point ! Et il comptait bien triompher !

« Dès l'aube, demain matin, hop ! au galop, s'écria-t-il !

— Et quel cheval monterez-vous?

— Calprenède, parbleu ! Il a couru... C'est une bête excellente... Vous verrez ! »

XXV

GALOPS DANS LA PRAIRIE

L'activité de Lucien fut admirable et déconcertante. A peine cette discussion venait-elle de finir, à peine avait-il crié : « Vous verrez, vous verrez ! » que sans plus réfléchir, il écrivit deux lettres. Dans la première, adressée à Mazzonetta, il demandait des nouvelles de Mabel Giannone et de la marquise Campavera, rappelait l'émeute du 6 mai, faisant une allusion discrète à la bonne attitude qu'y avait eue le lieutenant, et ajoutant que l'on parlait de lui très souvent sur les bords de la Manche. Il n'y serait pas un inconnu à son arrivée prochaine, n'est-ce pas ? « Mon cher lieutenant, vous aimez le cheval, vous aussi, je le sais. Eh bien, si vous vous trouvez parmi nous en septembre, voulez-vous prendre part à une fête que donne un de mes amis, M. Milton ? C'est une journée de courses ; cela vous plaira-t-il ? La réunion étant toute privée, vous porterez une casaque de votre goût, et ferez peut-être triompher les couleurs qu'il vous amusera de choisir. Vous monteriez, sur ma recommandation, l'un des chevaux que fera venir M. Jean-Paul Ailly, dont vous connaissez probablement de réputation la belle écurie, puisque c'est en Italie qu'il nous faudrait maintenant aller chercher les plus fanatiques sportsmen, au cas où l'Angleterre viendrait à nous manquer... »

Pour Jean-Paul Ailly, Lucien fit un billet plus simple. Il lui représenta l'agrément qu'il y aurait pour lui à paraître grand seigneur à Étretat. Il suffirait de présenter deux chevaux quelconques, même médiocres, et dont il n'attendît rien : au milieu de tous les autres, ils gagneraient encore aisément. Il devait exister dans l'écurie Ailly un ou deux produits disponibles en ce moment, qu'on pouvait faire voyager pendant une huitaine et dont cette petite excursion ne dérangerait pas le travail...

Ensuite Lucien courut à bicyclette jusqu'à Fécamp, où il s'enquit d'un entrepreneur : et dès le lendemain, une bande de terrassiers se mettait à l'ouvrage dans les prairies de Bob Milton. Ils y passaient de gros rouleaux et comblaient les principaux trous. Les paysans haussaient les épaules : « Qu'est-ce qu'il voulait donc, M. Milton : abîmer ses pâturages ? Voilà qui était fait. » Mais Bob se montra inflexible : les terres lui appartenaient, fichtre ! et ses bœufs paîtraient moins à l'aise, voilà tout. Quant à ceux de ses champs que la piste écorna, il en dut payer d'avance aux fermiers le quart de la récolte : c'était pour rien.

Moins de dix jours après, un terrain convenable était préparé. Une allée traversait le jardin ou plutôt le petit bois de La Vallée, et menait aux taillis qui le limitaient : là s'élèverait la tribune. En face s'étendait la piste, à peu près aplanie, marquée par des pieux entre lesquels on tendrait des cordes. Quelques haies, une barrière étaient déjà placées ; on commençait à creuser un fossé. Enfin tout prenait tournure, grâce au page qui avait tracé les plans, convaincu les fermiers, pressé les ouvriers, excité la vanité de Bob, et tellement secoué la paresse de Tof, que celui-ci consentit à s'occuper des invitations, du programme et de la décoration du jardin ; il prétendait illuminer tous les arbres, sous lesquels on danserait au son des guitares.

Maurice de Salisbot s'en fut en grande pompe chercher à la gare de Fécamp sa jument Charlotte, qu'il présenta aux hôtes de La Vallée toute entourée de couvertures et de capuchons. On la mena à l'écurie avec mille précautions. Elle marchait en balançant sa fine tête d'un air las, élégant et sceptique.

Puis on se mit à préparer les chevaux. Possédant un trotteur éminent, Bob décida qu'il y aurait une épreuve de trot, et ce fut une douce émotion pour lui que de voir chaque jour son demi-sang, monté par un palefrenier simiesque, parcourir des kilomètres en quelques secondes. Salisbot et Lucien s'en allaient l'un après l'autre lancer Charlotte et le noble Calprenède sur la belle herbe verte du pré. Calprenède avait jadis couru non sans succès : il se souvint de son ardeur première, dès que Lucien lui fit sentir le mors et les jambes, mais trépigna de colère quand il aperçut le mur. Au bout de vingt minutes, il le passa. Quelques jours après, il le sautait assez bien.

Le contre-coup de cette agitation était sensible à Étretat. On y voyait moins souvent Bob et ses amis, mais les femmes savaient que ces jeunes gens se livraient à des travaux qui peu à peu devinrent légendaires. « Et que font-ils donc à La Vallée? demandait-on. — Ils entraînent ! » était-il répondu. Le folklore du château naissait. Aussi Nanny s'était-elle décidée à accorder à Bob de grandes faveurs, et Sybil avait-elle écrit à Maurice de Salisbot une lettre que celui-ci laissa tomber de sa poche au moins cent fois. Lucien et Matilda s'aimaient à cœur perdu sous le beau ciel, au soleil qui disperse les remords et chasse les scrupules comme des brumes légères. Il n'y eut ni tempêtes, ni vent, ni pluie en cette saison-là. Chaque jour la terre se dorait et des papillons innombrables se jouaient à l'entour d'elle. Les fleurs trop lourdes penchaient, dont le parfum grisait les jeunes filles. Il n'y avait qu'à prendre, qu'à cueillir et qu'à se baisser. Le soir, l'automne étant proche, vous juriez de bonne foi, entre deux baisers, non pas grossièrement d'aimer toujours, mais que du moins vous n'aviez jamais si délicatement aimé. Lucien et Matilda se séparaient à regret, cherchant l'occasion exquise de sourire et de s'attrister :

« — A demain?

— En doutez-vous?

— Et Mazzonetta?

— Que c'est méchant, mon page !

— Montrez-moi vos yeux. »

Elle les baissait, au contraire, et le page faisait même en sorte qu'elle les dût fermer.

Il arriva cependant un matin que la jeune fille répondit : « Mazzonetta sera ici le 9 septembre. Il accepte votre proposition et me charge de mille compliments pour vous. »

Ah ! ce matin-là, précisément, on avait remis à Lucien une lettre de Jean-Paul Ailly : « Mon cher ami, j'écris à Milton par le même courrier. Je compte diriger sur La Vallée deux bêtes, Garde-pouce et La Manie, qui sautent bien, mais dont je cherche à me défaire parce qu'elles sont inférieures à celles qui... celles que... » Il y en avait trois pages ainsi, car ce pauvre Ailly, bègue à son ordinaire, se vengeait en ses lettres longues comme des sermons.

Bien, fort bien... tout marchait au mieux. Et Lucien se contraignit à placer quotidiennement sous son oreiller un irréprochable réveille-matin, dont le grondement affreux le faisait tressaillir avant l'aube. Alors, habillé vite, il descendait doucement le long des escaliers silencieux. Au dehors, le gravier humide craquait sous ses bottes et le froid lui pinçait le nez ; mais les longues allées apparaissaient déjà, tandis que l'ombre se blottissait au creux des feuilles et se terrait dans les trous : c'était le crépuscule du matin. Lucien relevait son col. Arrivé devant l'écurie, il en poussait la porte et tout d'abord ne voyait rien dans l'obscurité profonde : mais deux chevaux, toujours les mêmes, le trotteur et Calprenède, tournaient à grand bruit leurs têtes vers l'intrus, qui devait murmurer les mots les plus flatteurs et les plus tendres adjectifs pour rassurer un peu l'esprit romanesque de Calprenède : à quels monstres, à quels combats rêvait-il donc sans cesse, cet animal?

Lucien le sellait comme l'aurore pointait, et s'étant mis en route, au pas, sous les voiles pourpres du ciel, notre page devait bientôt s'éveiller tout à fait, puis baisser le collet relevé de sa veste et clignoter enfin des yeux, car le soleil faisait briller la rosée : le jour était né.

Sur le pré poudré de gouttes d'eau, le page

Calprenède franchissant un obstacle.

saisissait à pleines mains ses rênes, et Calprenède partait au grand galop. Le cheval foulait légèrement l'herbe trempée. Le mur ne l'inquiétait plus, il le passait d'un bond ! S'il s'était imaginé au début que rien n'existait de plus redoutable au monde, de furieux coups d'éperon étaient venus à point l'encourager, et maintenant il franchissait hardiment cette chose terrible.

Puis, le soleil montant déjà au ciel d'émail, le trotteur à son tour débouchait là-bas dans la plaine. On rencontrait aussi en chemin le petit Salisbot, fier sur sa jument Charlotte comme un lad qui mène un beau pur-sang.

« — Bonjour, mon cher. Calprenède va-t-il bien ce matin ?

— Certes, oui ! Il ne craint personne !

— A tout à l'heure... »

Ayant remis Calprenède entre les mains des palefreniers, Lucien remontait dans sa chambre et se rendormait en sifflotant.

René des Eparges arriva de Picardie avec deux chevaux. Jean-Paul Ailly en amena trois pour l'amour de Kate. « Le troisième, dit-il, s'appelle Paléographe. Max Robin viendra le monter. C'est un essai... » L'écurie se trouva trop petite, et La Vallée devint comme un campement de jockeys. D'Étretat au châ-teau, du château à Étretat, les jeunes gens allaient sans cesse. On riait, on flirtait, on pariait : la date fixée pour les courses approchait.

Un beau soir, Mazzonetta parut : Lucien lui donna la main en riant.

Il faut ajouter aussi que Lucien ne se tenait pas de joie parce que Matilda l'aimait : elle n'osait pas le lui dire très franchement, mais le lui faisait voir à n'en pas douter, et le soir que Mazzonetta fut venu, par exemple, n'accorda point cinq minutes de plus à celui-ci qu'à celui-là. Ayant jadis offensé l'un, s'étant naguère promise à l'autre, elle se partagea du mieux qu'elle put, et n'accueillit pas moins bien, par cette belle nuit, son fiancé qu'elle aimait encore, que son page qu'elle aimait aussi.

XXVI

LUIGI MAZZONETTA

Assurément, le lieutenant Mazzonetta était fort beau ; sa voix gracieuse ne laissait pas que de séduire infiniment. Dès qu'il voyait une femme, il la complimentait tout de suite.

« — Mais, monsieur, avait-on beau lui

dire, vous me connaissez depuis cinq minutes, et c'est un peu tôt pour me parler de sympathie.

— Hé, madame, on ne peut attendre dès qu'on vous a vue ! »

C'étaient là de ces riens qui n'engagent guère, mais empêchent qu'une femme ne s'ennuie, et si l'on y ajoute la renommée de bravoure que les Monti avaient établie discrètement autour de lui, on comprendra que Mazzonetta ait plu dès l'abord à presque toutes les dames d'Étretat, qui coquetaient avec les mêmes amis depuis le mois d'août. Cependant il passait pour le fiancé officiel de Matilda Monti, ce qui contraria bien des projets. En outre, il avait cet accent sonore et comme lumineux, cette douce manière d'atténuer les consonnes trop lourdes, cette agilité enfin du langage qui dut rendre si légères les combinaisons du latin quand Horace s'en jouait, et la délicatesse du provençal au temps des cours d'amour. Nous nous étonnons de cet accent-là, et gémissons à l'entendre comme chiens à qui l'on chante un air. Devant la pantomime charmante d'un homme du midi, les barbares froncent les sourcils : ils ne veulent point qu'on les gâte, et se plaignent qu'on les amuse.

On reprocha cruellement aussi au lieutenant son assurance, une façon qu'il avait de s'asseoir avantageusement, comme au théâtre, de se camper et de fumer avec affectation, et son sourire éternel, et ses mains vives et souples : « Des mains de traître ! » Pauvre Mazzonetta ! Il était fat comme l'enfant qui vient de naître, et voilà tout !

Aussi se montra-t-il envers chacun d'une cordialité si heureuse, et confondit avec tant de bonhomie les noms des personnes innombrables qu'on lui présenta, que celles-ci prirent à la fin le parti de rire. Salisbot seul ne put lui pardonner. Bob, au contraire, à qui Mazzonetta avait offert tout de suite un sourire et une cigarette, puis parlé duel et mauvais coups, Bob adopta le lieutenant et le proclama « un très gentil garçon, ma foi »!

« — Comment peut-il se faire, mon cher monsieur, lui dit Mazzonetta, qu'un homme comme vous donne une fête semblable sans qu'il y ait au moins une course de dames? Moi, j'imagine une très jolie arrivée de cinq ou six charrettes attelées à des poneys, et conduites chacune par une belle jeune femme en toilette claire, avec une écharpe de satin, des rubans de même couleur au fouet, aux oreilles du cheval... »

Et voilà un projet accepté d'enthousiasme ! Seulement, comme la piste de La Vallée était hérissée d'obstacles, on décida que la course aurait lieu sur la route ; les meilleurs poneys d'Étretat partiraient ensemble, conduits par des dames, et la première charrette arrivée au château gagnerait le prix du lieutenant : car celui-ci voulut absolument donner un prix. On lui sut gré de cette pensée galante, il devint populaire et embellit encore. Intarissablement bavard, il allait de l'une à l'autre, contant de folles histoires :

« ... Oui, mademoiselle, j'errais sur les bords parfumés du lac de Côme avec une dame, une cousine blonde comme vous. Hélas, elle souhaita de voguer sur le lac alors qu'il n'y avait qu'une seule petite barque au rivage. « Monsieur, j'ai loué ce bateau », me dit poliment quelqu'un. Je me retourne : eh ! c'était le prince Toganera... « Mais que Madame y daigne monter, fit-il. Je veux ce soir qu'elle commande seule à mon bord et nous ne serons que les plus dévoués de ses serviteurs, n'est-ce pas, Mazzonetta? » Ah! les merveilleux moments, mademoiselle ! Nous vîmes descendre peu à peu l'ombre sur le lac, et mon amie pleurait tandis que le joli yacht à vapeur du prince Toganera filait, blanc et vif dans la nuit... »

Il fallait être bien malveillant pour remarquer que le lieutenant, sans y prendre garde, avait transformé une simple barque en un joli yacht à vapeur. On eût pu le lui dire, d'ailleurs ; il ne se fût pas embarrassé pour si peu et n'eût laissé croire à personne qu'un mensonge avait jamais passé par ses lèvres :

« Un jour, contait-il, je fus trouver un homme de police, car on m'avait calomnié.

— Que désirez-vous? me dit le policier.

— Une enquête, et fort sérieuse.

— Très bien. Sur qui ?

— Voici le nom.

— Luigi Mazzonetta. Mais c'est vous !

— Parfaitement.

On ne me trouva qu'un seul vice — excusez-moi, mesdames, je ne peux continuer, il vous concerne... »

Qu'on fût à bavarder le matin au casino, l'après-midi sous les arbres, ou bien le soir à danser, ce hâbleur ne cessait point de chercher à plaire.

Que voulez-vous! il venait du pays merveilleux où les sourires et les poèmes naissent d'eux-mêmes sur les lèvres des hommes. Il était né sous le soleil, il avait grandi et aimé sous le soleil, de sorte que, tout simple et vaniteux qu'il fût, son esprit gardait un reflet d'or. Le florentin Luigi Mazzonetta se vit très recherché, et s'il avait seulement pu mettre le soir son uniforme et son manteau gris perle, il eût été parfaitement heureux. « Que je vous aime, Matilda ! » disait-il à sa fiancée. La jeune fille lui répondait en italien, par délicatesse, et gardant pour son page les mots d'amour français.

Quant à Lucien, il fit assez bonne figure le premier jour, mais cessa de rire dès le lendemain, car il voyait Mazzonetta lancé comme une mode nouvelle, tant les femmes sont vaines et les hommes complaisants. Dans une petite ville, il suffit que deux personnes disent d'une troisième : « Un tel a l'esprit le plus délicieux », ou bien : « Que de charme dans cette gamine ! » et que ce soit dit avec un certain air d'avoir su remarquer cela, comme si c'était une observation aiguë et rare que le voisin ne fera que s'il est très malin, il suffit de ce ton-là pour que toute la société de la petite ville répète bientôt d'une seule voix : « Oui, l'esprit d'un tel est adorable », et « Je me jetterais au feu pour un baiser d'une telle ! »

Dans une excursion que l'on fit à Valmont, il y avait une douzaine d'hommes et de femmes qui écoutaient le lieutenant avec un sourire attendri et un peu songeur, ainsi que les gens sérieux devant lesquels un enfant raisonne.

A Valmont, près Fécamp, une abbaye prospère fut jadis. Il n'en reste plus maintenant que des ruines. L'église n'a plus ni porte ni toiture, mais son squelette brisé s'élève encore très haut : et peut-être que cette maison de Dieu est plus belle aujourd'hui qu'elle ne fut jamais, car un tapis d'herbe haute en couvre tout le sol, tandis que des tentures de lierre pendent aux murailles, s'enroulent aux piliers, et que sur les parois peintes par le temps des plus riches couleurs, les sculptures ne font plus saillie qu'à peine, tant elles ont caressées et la brise et les pluies ; enfin, c'est le ciel qu'on y voit au lieu de voûte quand on lève les yeux. Non loin dort un étang où flottent des cygnes, et aux rives duquel finit un petit bois. Le château des anciens maîtres domine tout le pays. On conte que François Ier vint promener sur l'étang ses dames et ses musiciens. C'était à l'occasion du mariage d'un comte de Saint-Pol, lequel était devenu seigneur de Valmont et fit danser toute la cour dans son château : or celle-ci était nombreuse et turbulente, si bien que la pauvre vieille forteresse ne put supporter tant de chansons, tant de tapage, tant de musc ni tant de fleurs, et s'écroula lorsque la fête eut pris fin et que le dernier valet fut parti.

Lucien tenait de son cousin Damet du Val maints détails là-dessus. Il eût pu renseigner les dames sur le Miracle des roses de Valmont, la Chapelle de Six-Heures, les trois moines fous, les nobles sires d'Estouteville, et le stupide Hocquard qui mutila les galeries et dispersa le chartrier. Tof aussi se fût attendri sur la joie de vivre au temps où les poètes retrouvèrent la beauté perdue, et voici déjà qu'il songeait aux rêves puérils que fit peut-être le roi-chevalier en errant ici même : car ces héros vêtus de soie et qui se disaient tous des Alexandre, des Ulysse, jouaient avec les femmes comme des enfants.

Mais c'était bien l'heure d'évoquer les neiges d'antan ! Tof et Lucien n'eussent amusé personne ; Mazzonetta, au contraire, parlait de lui et chacun de se taire à sa voix :

«... Le silence se fit. Une femme parut dans l'ombre à la fenêtre : elle sourit, et, détachant la rose épanouie dont sa chevelure était ornée, la jeta dans la rue. Puis elle ferma la croisée.

« Ah, mesdames, c'est un faquin qui ramassa cette fleur tiède encore, et disparut avec !

« Je courus, mais le gueux était déjà loin... »

Lucien regarda Matilda : elle avait à demi clos ses yeux, et l'on pouvait être bien certain, à la façon dont son visage était incliné vers Mazzonetta, qu'elle revoyait dans sa pensée le souvenir de la Ville des Fleurs et de ce beau jeune homme si sûr d'être aimé, ce chanteur insoucieux qui mollement accoudé à la fenêtre par une aurore de printemps, chez Mabel Giannone, lui avait une fois donné l'aubade... Il était venu, il la reprenait...

Lucien s'esquiva sans bruit et courut d'un trait jusqu'à La Vallée. Il entra dans l'écurie de Calprenède, s'approcha doucement de celui-ci, afin qu'il n'eût point peur, et le caressa, le flatta, lui parla : il l'embrassa même.

« Toi, lui dit-il en tremblant un peu, toi, je t'ai dressé, et tu m'es fidèle. Tu m'aimes, toi, Calprenède... »

Puis il le quitta et s'en fut revoir le mur. Un drapeau rouge y était planté, à gauche duquel le terrain s'abaissait subitement, rocailleux et dur.

La course devait avoir lieu le lendemain.

XXVII

UN ACCIDENT

Parmi les sages qui redoutent les fêtes, quelques-uns se plaisent pourtant à les préparer : ils se délectent à voir arriver les gerbes de fleurs, les paquets, les parures neuves

Luigi Mazzonetta s'empressant auprès des dames.

les gros pavés de glace portés par des gens pressés ; ils aiment l'affairement des uns devant les colères des autres, et l'allure énergique des serviteurs importants les stimule et les fortifie. Tel fut le camp de La Vallée pendant toute une matinée : palefreniers, marmitons, jardiniers s'y bousculèrent à l'envi, et à midi, tout était prêt, la tribune achevée, le buffet installé sur le champ de courses, les allées du jardin ratissées. Dans le sombre sous-sol se préparait pour le soir un repas digne de Riquet à la Houppe ; Bob cependant n'avait prié à dîner que ses amis intimes, mais ceux-ci étaient légion. Il y avait des tables dressées jusque dans le vieux château caduc et verdâtre, par quoi cette antique maison semblait rajeunie d'un siècle.

Il était une heure, et le soleil brûlait le feuillage immobile quand Bob, entouré de ses hô es, vint s'asseoir à la porte de son parc. L'excellent garçon avait dû plus d'une fois depuis le matin se plonger dans un tub glacé : la chaleur le congestionnait, il n'en pouvait plus, mais il se sentait joyeux et magnifique. « Le roi du pays de Caux, pensait-il, aujourd'hui c'est moi ! »

Toute enguirlandée de lierre et de roses d'automne, la barrière blanche de La Vallée s'ouvrait à tout venant, et l'allée teinte de sable fin qui s'allongeait sous la futaie, semblait un chemin préparé pour pantoufles de vair et sabots de licorne, et non pour le fer grossier des chevaux de voiture, ni même de ces poneys que l'on attendait. Car depuis quelque temps déjà ceux-ci avaient dû partir d'Étretat : mais les jeunes gens ne voyaient rien venir encore sur la route qui poudroyait.

Enfin ! parut à l'horizon un tonneau minuscule traîné au triple galop par un cheval nain, gras à lard et couvert d'écume. Nanny, le fouet en main, riait d'avance à la pensée des compliments qu'on allait lui faire.

Dès qu'on l'aperçut : « Bravo ! vive Nanny ! le record ! le record ! » s'écria-t-on. Bob applaudit à tout rompre et aida la petite miss à descendre. « J'ai les bras cassés et les doigts engourdis », dit-elle simplement. Un groom prit par la bride le pauvre poney qui, arrêté, ouvrait désespérément les naseaux et les yeux, et tremblait sur ses pattes, comme s'il allait mourir : « Cheval foutu », prononça gravement le groom attristé. Nanny s'en souciait comme de son premier chagrin ! On lui montra le prix du lieutenant, qu'elle avait gagné : un manche d'ombrelle délicat, orné de ciselures et d'émaux

Cependant, voici que deux autres poneys surgissaient là-bas ! Le premier était conduit par Mᵐᵉ Hardley ; celle-ci, on s'en souvient, ne pouvait penser qu'à une seule chose à la fois : aussi en cet instant ne songeait-elle qu'à pousser sa bête, tandis que Matilda Monti,

se résignant à la troisième place, retint son cheval, le mit au trot le plus coquet et fit son arrivée en souriant, ainsi qu'une belle princesse parmi ses sujets.

Puis une charrette encore survint, suivie d'une cinquième, et les derniers poneys se montrèrent ; il était temps, car au moment que la déplorable Kate Ennison tournait après toutes les autres devant la porte de La Vallée, un landau fut signalé du côté de Fécamp : et dès lors le défilé ne cessa plus. Automobiles, phaétons et calèches se succédèrent à grand bruit. Les voitures ralentissaient leur allure sur la route, viraient, puis s'avançaient au pas sous les arbres et s'arrêtaient devant le château : on les guidait ensuite jusqu'au champ de courses, où elles se rangeaient l'une à côté de l'autre dans l'immense pré, de manière que le soleil fît étinceler des diamants parmi tant de roues et de caisses vernies. Au loin les flots de l'herbe luisaient à la moindre brise.

Sur le perron de sa demeure, Bob Milton recevait ses hôtes avec des témoignages d'affection qui faisaient plaisir à entendre. Il s'écriait à chaque arrivée : « Que c'est aimable à vous d'avoir affronté cette chaleur tropicale ! » Alors ceux qui n'étaient point priés à dîner répondaient : « Nous n'aurions eu garde de manquer ! », tandis que ceux qu'on avait conviés pour la soirée aussi disaient seulement : « J'ai failli ne pas venir, mon vieux. »

René des Eparges et Maurice de Salisbot faisaient les honneurs, celui-ci du buffet, où sa gravité et sa compétence en fait de boissons américaines terrorisèrent les servants, et celui-là de la tribune où les invités se plaçaient par groupes antipathiques. On concevra qu'au bout de deux mois presque révolus, les habitants d'une petite ville aient eu plus d'une raison de se prendre en grippé : aussi distinguait-on parmi eux non seulement des tribus ennemies, mais encore des factions parmi ces tribus.

Le poète Tof était tout d'abord resté assis

à l'ombre pour regarder passer les équipages. Il croyait voir ainsi se dérouler devant lui les bandes coloriées de ces estampes anglaises qui représentent des scènes de chasse, avec toutes les voitures allant au rendez-vous : lui-même était sans doute ce gros chasseur, toujours tombé à la rivière, et qui contemple sans trop de regret son cheval embourbé. On lui criait des bonjours familiers : « Hé, monsieur Tof, vous restez là? A tout à l'heure... » Du haut d'une automobile, une femme toute encapuchonnée lui demanda d'une voix aiguë s'il faisait toujours des vers : c'était Mme Zetchkine, débarquée la veille à Étretat avec son mari et Gaston Vilain. Enfin, la poussière augmentant, Tof profita de la venue de Mme Monti pour se hisser dans la victoria de celle-ci, et s'aller placer près de sa vieille amie dans la tribune déjà remplie.

Mazzonetta y pérorait au milieu d'un cercle de jeunes filles :

« — Mon cheval, mesdemoiselles, mon cheval? Je ne l'ai pas encore vu... »

Et ce fut bien par complaisance pure qu'il parut céder galamment aux prières des demoiselles et se dirigea enfin vers les écuries, parmi lesquelles Jean-Paul Ailly boitait et bégayait terriblement. Chaque fois qu'un de ses chevaux paraissait en public, le pauvre homme ressentait une horrible émotion dont l'expérience de vingt années n'avait encore pu triompher. Garde-Pouce ni La Manie, ni même Paléographe, n'étaient pourtant de très bons chevaux, et cette réunion n'avait que l'importance d'une garden-party. Cependant Ailly n'eût point tremblé davantage avant le Grand Prix.

Et Lucien? Oh! Lucien depuis le matin ne se reposait guère : il allait sans cesse d'un lieu à l'autre, ne pouvant rester en place et n'échangeant avec ceux qu'il rencontrait que des paroles rares et courtes. Il avait fourré ses mains dans ses poches et ne les en tirait que pour faire les gestes indispensables. Les prunelles de ses yeux, comme enfoncées au fond de l'orbite, ressemblaient à deux têtes de clous plantés dans sa cervelle.

Quand tout le monde à peu près fut arrivé, il monta dans sa chambre pour se déguiser en jockey, et en redescendit couvert d'une casaque mauve. Mazzonetta sans doute avait déjà depuis longtemps revêtu la sienne, qui était de satin blanc, et Lucien supposa qu'à cet instant même il devait parler à quelque jeune femme dans la tribune, les talons joints et l'air caressant, et cette jeune femme était peut-être Matilda, sa fiancée...

« — Mon cher, mon cher, mais où étiez-vous caché? On vous cherche, on vous demande... La première course va commencer. Vous ne venez donc pas la voir? »

C'était Maurice de Salisbot qui criait de la sorte. Ayant été de son côté, s'affubler d'une casaque vermillon qui l'enchantait, il n'aurait jamais pu, lui, résister au plaisir de se montrer dans ce costume, et l'indifférence de Lucien le vexait un peu ; aussi ne s'aperçut-il pas sans quelque plaisir que celui-ci semblait énervé :

« — Est-ce que vous êtes ému, mon cher? fit-il avec orgueil. Moi pas.

— Je ne suis pas ému, je veux gagner. Si vous voyez Mlle Monti, demandez-lui si elle se rappelle que je suis tombé devant ses yeux à Auteuil, et dites-lui de ma part que je ne crains rien de tel aujourd'hui, et que je compte bien arriver !

— Ah, ah, on verra ! Ma jument vous donnera du mal ! »

Et l'heureux petit homme partit en grommelant. Demeuré seul, Lucien fit les cent pas, réfléchit, piétina : il entendait des cris joyeux du côté de la tribune, qui l'impatientaient. Pour commencer la journée en effet, Bob avait eu l'idée de proposer un prix au meilleur coureur à pied d'Étretat et de Fécamp, et cette lutte, qui fut longue et acharnée, eut beaucoup de succès : le pauvre jeune homme qui l'emporta faillit s'évanouir au but, et l'on sait que les femmes sont très friandes de ces émotions. Cette épreuve avait été disputée sur la partie plane de la piste, car les obstacles ne barraient pas celle-ci toute entière, et c'est sur cette étroite bande d'herbe que l'on vit encore courir trois trotteurs, dont l'un était celui de Bob et les deux autres appartenaient à un châtelain voisin ; les pauvres bêtes n'avaient pas trop de place ; elles se gênèrent mutuellement, de sorte que Bob eut le dépit de voir un des chevaux étrangers couper la route au sien.

Puis il y eut une course entre une douzaine de cavaliers montant des chevaux de promenade, peu entraînés, et qui n'auraient pu se mesurer avec les pur-sang que l'on réservait. Ces cavaliers ne portaient point de casaques, mais de simples brassards ; ils étaient presque tous amoureux d'une ou deux des femmes qui, dans la tribune, prirent tant de plaisir à les voir se bousculer dans la plaine, sauter, se dérober, tomber même ou s'emballer à travers champs : les chutes d'ailleurs ne furent pas dangereuses, il n'y eut qu'un pied luxé, c'était pour rire.

Au commencement de chaque course, une cloche sonnait. A la fin, les invités se répandaient autour de la tribune et accompagnaient les bêtes jusqu'aux écuries. On troublait là les méditations de Lucien, on le gourmandait : « Quel sauvage ! Va-t-il se faire ermite ? Laissez donc, c'est qu'il a peur de tomber, tout à l'heure... » Quelques jeunes gens habiles à calculer faisaient les bookmakers, et en réalité on pariait assez gros. Les femmes félicitaient les vainqueurs, et jasaient plus tendrement avec les autres, ceux qui n'avaient pas réussi et qu'il fallait consoler. Bref, la fête se passait bien et Bob rayonnait de joie : on le voyait, exubérant et cramoisi, veiller à tout et courir partout, conseillant mille précautions à ses hôtes, et ne laissant pas un seul cavalier entrer sur la piste sans lui avoir recommandé de sauter le mur à droite du drapeau rouge. « Au delà, criait-il, vous vous rompriez les os ! » Quand une femme écoutait, le cavalier souriait.

Dans l'avant-dernière épreuve, on mit en ligne quatre concurrents. Garde-Pouce arriva derrière tous les autres, et Jean-Paul Ailly se troubla plus que jamais. Enfin la dernière course fut annoncée : c'était celle où devaient paraître les meilleurs chevaux. On avait décidé de les faire défiler d'abord devant la tribune, un par un. Le petit Salisbot se mit solennellement en selle, puis René des Eparges, puis Max Robin qui enfourcha Paléographe, le troisième cheval de Jean-Paul Ailly. Celui-ci se démenait, bégayant : « Mais enfin, enfin, où est-il, M. Mazzonetta ? » Eh, mon Dieu, le voici qui arrivait, là-bas, en affectant une indolence extrême, comme s'il n'allait faire qu'une petite promenade, et si beau, si heureux dans sa casaque blanche ! Il effila sa moustache soyeuse, et mit le pied à l'étrier en saluant d'un dernier geste Kate et Sybil Ennison qui se sauvaient vers la tribune. « A tout à l'heure, mesdemoiselles », leur a-t-il dit.

Dès que le lieutenant fut en selle, Lucien sauta sur Calprenède et empoigna ses rênes.

Les jeunes gens entrèrent alors au pas sur la piste, leurs montures tenues en main. On put admirer à l'aise la fine Charlotte sur laquelle Salisbot arrondissait son dos coquelicot ; le pur-sang maigre de René des Eparges, et Paléographe au vaste poitrail ; La Manie qui semblait bercer son beau jockey blanc, et Calprenède enfin dont le page mauve tenait les rênes sans faire un mouvement inutile. En repassant, dans un galop d'essai, devant le public, Mazzonetta ne put s'empêcher de tourner la tête vers les dames ; mais cette fois, Lucien semblait poursuivre le lieutenant : il ne le perdait point de vue.

Il y eut un faux départ causé par l'insubordination de Paléographe, qui se trouvait à près de cinquante mètres en arrière quand les autres chevaux prirent leur élan. Le second départ fut très long parce que Calprenède, ayant perdu sa place, sembla refuser de s'aligner jusqu'à ce qu'il fût revenu près de La Manie, de manière que Lucien se trouvât botte à botte avec le lieutenant. Enfin

La chute de Mazzonetta.

le signal fut donné, et toute la troupe bondit en avant !

L'air siffla aux oreilles des jeunes gens et le vertige de la vitesse les prit. C'est-à-dire que le monde entier disparut à leurs yeux, qu'ils ne virent plus rien que les oreilles de leurs chevaux, les touffes de luzerne qu'ils touchaient à peine, la silhouette immobile de leurs compagnons, et l'herbe qui filait sous eux ! Ils sentaient frémir au bout de leurs rênes des bêtes éperdues et lancées comme des flèches, qu'un souffle eût jetées à terre tant elles posaient légèrement les pattes.

La nerveuse Charlotte ne put supporter cette griserie, s'enivra de vent et d'espace, et l'on vit le petit jockey coquelicot prendre soudain la tête du peloton à une grande distance devant les autres : il sauta, s'enfuit plus vite encore, il ne tenait plus son cheval.

Puis René des Eparges à son tour se détacha, suivi bientôt par Max Robin, qui espérait lasser ainsi Calprenède et La Manie, puis rattraper des Eparges à la fin. Charlotte s'essoufflerait et se voyant seule, perdrait toute son avance. Il ne restait plus en arrière que Lucien et Mazzonetta, qui ne se quittaient pas.

Planté sur son cheval, muet et les poings serrés, le page galopait à côté du lieutenant sans le regarder, sans le dépasser : l'un avait l'air, avec sa casaque mauve, de l'ombre de l'autre. Mais Mazzonetta ne souriait plus et Lucien l'agaçait ; à une haie, leurs bottes s'étaient frôlées : « Hé, vous me poussez ! » fit Mazzonetta. Le page s'était seulement penché sur sa bête, et le lieutenant n'avait entendu que le double bruit des sabots sur l'herbe.

Un fossé encore, puis ce fut le mur. La tache rouge du drapeau grandit à leurs yeux. Les deux chevaux voyaient l'obstacle et s'élançaient dessus. Tout à coup, Mazzonetta comprit que Lucien s'appuyait contre lui et que l'on se jetait à gauche. « Hé là ! hé là ! le drapeau, faites attention ! » Mais les chevaux s'affolaient l'un l'autre. Mazzonetta devint livide, car Lucien cramponné aux rênes ne répondit pas, poussa encore. « — A droite, per Dio ! a destra !! »

Lucien sentit en passant le vent de la hampe du drapeau, et Calprenède éperonné jusqu'au sang repartit seul, emportant son jockey vers le but avec une vraie furie.

Et si Lucien n'arriva que second dans cette course, ce fut parce qu'il ne s'aperçut même pas qu'il portait une cravache dans sa main crispée.

XXVIII

LE JUGEMENT

Pendant la nuit qui suivit ce jour, dans le château de La Vallée où l'on veillait Mazzonetta délirant, couvert de blessures et le crâne fendu, Lucien poussa sans bruit une porte entr'ouverte derrière laquelle Matilda dormait sur un fauteuil, près d'une lampe allumée. Elle n'avait voulu ni se dévêtir, ni même s'étendre sur le lit qu'on lui prépara. Elle dormait, oppressée, la mine défaite, les cheveux en désordre. Lucien lui toucha la main. « Quoi, qu'y a-t-il? Va-t-il plus mal? » voulut-elle balbutier en ouvrant ses yeux : mais Lucien, un doigt sur les lèvres, faisait signe de se taire, et Matilda le vit si grave et si pâle qu'elle en demeura muette. Le page posa sur la table une lettre et se retira sur la pointe du pied, sans avoir dit un mot.

« Ne criez pas. Ne bougez pas. C'est moi qui ai fait tout le mal. J'ai voulu tuer Mazzonetta parce que j'en étais jaloux. Je ne veux rien ajouter ; je ne veux pas plaider ma cause. Jugez-moi, Matilda.

J'attendrai, dans une heure, sous les premiers arbres de la futaie. »

La jeune fille lut, tandis que son cœur cessait presque de battre. Cette angoisse nouvelle vint s'ajouter à toutes celles de cette journée, puis de cette longue soirée, puis de la nuit : cette angoisse s'en vint tomber sur elle comme une lourde pierre dans une plaie. Matilda crut que c'était fini et que le coup cette fois allait la faire mourir. Elle regarda la porte par où Lucien venait de disparaître, et se dressa en tremblant : elle avait peur. Rien ne bougeait, pourtant. Un tel silence régnait que l'on entendait le temps passer : pas un soupir, pas un bruit. Mazzonetta reposait en ce moment. Il était là, de l'autre côté du couloir, étendu sur un vaste lit et la tête entourée de linges. Mme Monti le veillait, l'ayant soigné depuis l'accident comme la plus douce des mères. Dans la chambre voisine sommeillait un médecin, prêt à la moindre alerte. Tof était au Havre, d'où il devait ramener une garde-malade le lendemain matin. Tout dormait, rien ne bougeait, il y avait presque un mort dans la maison.

Un mort ! Matilda frissonna au souvenir de cette journée ensoleillée qui avait fini à la clarté des veilleuses, autour d'une agonie. Elle se rappela la chute du lieutenant qu'on avait vue dans le lointain ; une clameur tragique et presque belle était sortie à la fois de toutes les bouches : « Tombé ! l'Italien est tombé ! » Puis, impitoyablement on s'était tu de nouveau parce qu'on suivait la course ; deux hommes portant un brancard étaient partis en hâte, et les cavaliers avaient paru brusquement après un tournant, courant maintenant en ligne droite, Max Robin devant, qui cravachait sauvagement, puis Lucien rêvant sur Calprenède, puis des Eparges, et Salisbot enfin, dont la jument épuisée ressemblait à quelque jouet sauteur qui va bientôt s'arrêter.

On avait acclamé Max Robin, mais on était gêné, et les applaudissements cessèrent aussitôt ; on se bouscula au-devant des jeunes gens qui revenaient au pas, et l'on criait : « Qu'est-ce qui s'est passé ? Lucien Lorédan a franchi le mur en même temps? A-t-il vu quelque chose ? »

Lucien, assailli de questions, répondit : « Mon cheval a failli se dérober. Le lieutenant s'est trouvé poussé vers la gauche. Je crains qu'il n'ait sauté au delà du drapeau. »

Et Matilda aperçut bientôt la belle figure couverte de sang, la casaque blanche, souillée, en loques...

C'était son page qui avait fait cela ! La déroute des invités, la fuite soudaine des voitures, puis la maison bouleversée, tout ce monde qui parlait bas, le délire de Mazzonetta, la soirée silencieuse, la nuit, — son page avait donc causé tout cela !

Le médecin ne voulait pas se prononcer et ne répondait pas du fiancé charmant qui souriait encore voici quelques heures à peine, et disait à Matilda : « Aucun malheur ne peut m'arriver, voyez-vous : j'ai la chance, puisque je vous ai connue et que je vous aime. Les femmes jolies portent bonheur... » La jeune fille pencha la tête et fondit en larmes, pleurant sa vie brisée, sa joie perdue. Le pauvre cher Luigi l'avait ensorcelée avec sa voix caressante et sa grâce ingénue. N'eût-il pas enchanté de même toutes les femmes, s'il avait voulu? Il parut à Mathilda que la disparition du lieutenant serait un deuil universel, dont le monde entier souffrirait : on le regretterait comme un rayon de soleil, un beau jour voluptueux et gai. De qui donc un beau jour n'était-il pas aimé?

Mais c'est alors que doucement, peu à peu, comme une brise exquise à l'angle d'un tombeau, le souvenir du page vint passer sur elle; elle s'en aperçut à peine, et se dit seulement : « Mon page ne plaisait qu'à moi...»

« Oui, songea-t-elle, il ne plaisait qu'à moi parce qu'il n'aimait que moi. On le trouvait sec et dur : il n'était tendre qu'avec moi. Mais c'est un assassin... » Elle se répéta plusieurs fois cette phrase-là : c'est un assassin ! Et pourtant une voix répondait au fond de sa conscience : « C'est aussi que tu l'as fait beaucoup souffrir, et qu'il s'est vengé...»

Il l'avait bien aimée à Paris, au Grand Hôtel, et à Florence aussi, où elle avait été si cruelle pour lui ! Ah, comme elle se reprochait de l'avoir supplicié, par caprice et par fausse honte... Ne valait-il pas mieux que tous les autres, ce page qui l'adorait jusqu'à commettre un crime ?

Et après cela, il avait remis simplement son honneur et peut-être sa vie entre les mains de son amie. En effet, Matilda n'avait qu'à montrer la lettre : il y avait la preuve

écrite du meurtre, avec signé. Elle s'approcha de la lampe et brûla le papier.

Puis, afin que l'odeur se dissipât, elle ouvrit la croisée avec des soins extrêmes : il ne fallait réveiller personne ni troubler le repos du blessé. Le silence et le parfum de la nuit entrèrent dans la chambre : la jeune fille vint s'accouder à la fenêtre, et se pencha sur un gouffre sombre d'où rien ne s'élevait que, de ci, de là, un mot d'oiseau, un bruit furtif. Elle frissonna. La pensée que Lucien l'attendait parmi ces ténèbres lui donna pitié: il avait froid, il errait sous les feuilles noires, en frémissant d'espoir ou de chagrin. Matilda écouta mieux, et crut entendre le cœur de son page qui battait dans la nuit.

Puis une lassitude infinie s'empara d'elle : le calme profond de la terre endormie l'apaisait. La vie s'apaiserait aussi. Elle songea doucement que rien n'était perdu encore, que son fiancé guérirait, qu'elle l'épouserait et vivrait heureuse au loin... Mais que Lucien devrait s'éloigner, et qu'il s'en irait sans que personne peut-être prît garde à son amour brisé. Et Matilda savait bien qu'elle pouvait lui permettre au moins d'aller souffrir en paix, d'un baiser, d'un seul baiser... Alors, retenant son souffle, elle a fermé la fenêtre, mis un manteau, et s'est glissée dans le couloir. A la porte de Luigi, elle écoute longuement : tout est paisible. Elle s'éloigne, appuie avec précaution ses pieds sur le tapis et gagne enfin l'escalier de pierre : là, plus un bruit à craindre ; elle respire un instant et descend. Elle se dirige à tâtons dans l'antichambre, pousse une petite porte et se trouve au jardin. Qu'il y fait noir, grand Dieu !

Matilda distingue pourtant la pelouse étendue sur le sol comme un drap mortuaire, et cette cathédrale d'ombre, là-bas, c'est la futaie: Lucien l'attend aux premiers arbres ; il n'y a qu'à suivre l'allée. Mais les massifs suspects et les broussailles hideuses épouvantent la jeune fille : sa gorge se serre, elle marche presque en fermant les yeux, et tremble à la pensée qu'elle doit avoir l'air d'une fée des ténèbres, dont le manteau soyeux imite le bruit des feuilles.

Or, depuis une heure, Lucien tressaillait à ce bruit-là, doutant toujours que ce fût Matilda. Enfin le bruit se précise et persiste, cette fois. Lucien lève la tête et scrute l'ombre... Ils pensèrent mourir d'émotion quand leurs lèvres se touchèrent.

Entre deux baisers, Lucien murmura : « Vous m'avez pardonné, Matilda? » Mais celle-ci mit sa main sur la bouche du page et répondit : « Taisez-vous, taisez-vous... Il vaut mieux ne pas parler... Nous ne pouvons plus nous revoir... Je suis venue pour que vous ayez un peu moins de peine... »

Matilda connaissait mal son page. Ne pas la revoir ! Il l'aimait trop. Et puis ce sont les paresseux qui se résignent. Il allait s'éloigner de La Vallée, où son rôle serait odieux; il disparaîtrait jusqu'à ce que Mazzonetta fût sauvé, ou bien oublié, soit. Mais ensuite il s'était juré de la reconquérir... Cependant, demain, il faudrait partir.

Et le retour vers le château silencieux, dans l'allée où leurs pas s'attardaient pour de tristes étreintes, ce retour fut une sorte de marche à l'exil. Lucien sanglotait, et Matilda toute éperdue d'amour séchait ses larmes avec de pieux baisers. Il semblait à la pauvre petite qu'elle eût à soulager deux agonies, celle de son page et celle de Luigi, et quand elle rentra dans la maison obscure, ce fut avec la même ferveur qu'elle pria Dieu de toute son âme, afin qu'il les prît tous les deux en pitié.

Lucien vit se clore la porte, et resta comme anéanti devant ce pan de bois où se cognait sa vie.

Il tint parole, et partit au matin. Dans le wagon qui l'emportait loin de son amie, il sentait que deux fleurs nouvelles s'étaient ouvertes dans son cœur douloureux: l'une était sombre comme un remords; l'autre avait un parfum doux comme un pardon.

FIN

IMPRIMERIE CRÉTÉ
CORBEIL (S.-ET-O.)